「山の少女」と呼ばれた詩人——堀内幸枝ノート

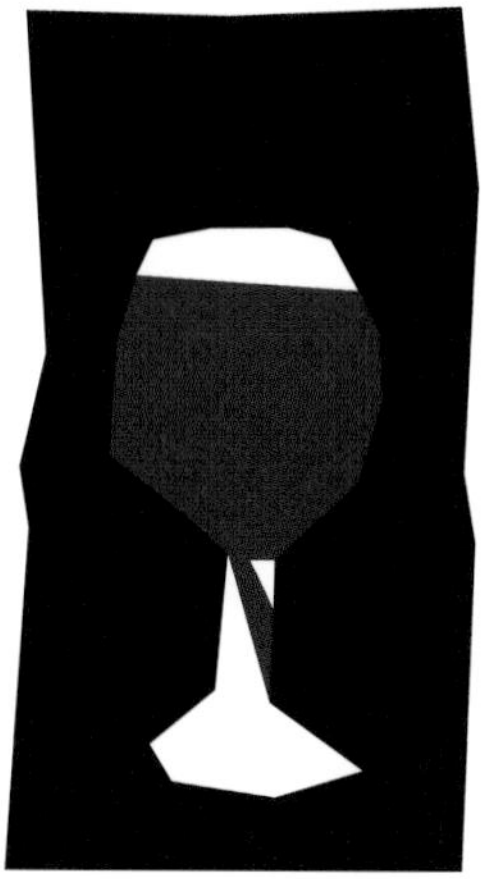

鈴木正樹

土曜美術社出版販売

堀内幸枝　大妻専門学校入学の頃

「山の少女」と呼ばれた詩人

――堀内幸枝ノート＊目次

一、詩集論

二、詩誌「葡萄」

「山の少女」と呼ばれた詩人

――堀内幸枝ノート

一、詩集論

「山の少女」というイメージの成立
――その発端

〈山の少女〉というのが、詩人堀内幸枝のイメージなのだが山梨県の市之蔵村を中心とした概念で詩人の全体像をくくることはかなり無理がある。本当は都会の詩人なのだ。

年譜を見ると昭和十七年に結婚。しかし、嫁ぎ先で創作活動を禁止されるなど、義父との関係がうまくいかず、夫と駆け落ち同然の上京。そして娘二人を出産し、夫の二回の出征。上京してすぐ、「まほろば」に同人として参加。しかし、昭和十九年には紙不足で終刊。疎開で実家に戻っているとき結婚前から書きためていた作品を詩集『村のアルバム』としてまとめるなどしたが、太平洋戦争中は詩人としての活動はあまり出来なかったようだ。本格的に創作活動を開始するのは、三十歳になった昭和二十五年。偶然、船越章に会ってからのこと。昭和二十九年に詩集『紫の時間』を、昭和三十一年には詩集『不思議な時計』を刊行している。ともに散文詩集。都会に暮らす女性の葛藤を表現している。表題作「紫の時間」の部分。

机上の灰皿の中に落ちている昨日貴方の吸い残した煙草は奇しい光に点火され、紫の煙を立てゝいる。（中略）陽が溢れるばかり射す一個のガラス箱の中に突然恋が生みつけられ、懐妊までの女の夢が軽々しく自演される。軈て陽が廻り、鏡達の光が一斉に失われた時、わたしの文机の横には灰皿が一個、金魚のカットの入ったページを読書している私が居るきり、此の部屋には何の変化も見出せなかつた。

戦後の復興から高度成長へと変化していく日本の家庭〈紫の時間〉とは夫と子供を送り出した後の主婦の一人きりの時間と読むことも出来るが、次の詩集『不思議な時計』の作品と関連付けて読めば恋心を抱き、男を思い出している時間とも読むことが出来る。妻であり母である自分を、思いどおりに行動できない金魚鉢の金魚に喩えている。同詩集の「寂然の刃」の部分。

〈淋しい〉と云う文字では表わすことの出来ない、丁度氷の館に閉じ込められたように、烈しい戦慄を伴つて体中に波打ち、その上星の光で蒼穹へ釣下げられたような云い知れぬ不安に落し入れられるのです。

私はこれに対抗しようと昨日の貴方の抱擁を想い出してみたり、起き出して真夜中の書斎をうろついてみたりするのですが、此の氷の館では何の役にも立ちません。


女盛りの自分を持て余している。作品に家族のことをほとんど書かない作風なので、この作品が書かれたとき、夫が元気に通勤し、仕事に追われ、気力も体力も使いつくしていたのかどうかは判らない。〈貴方の抱擁〉は夫の抱擁とも恋人の抱擁とも解釈できるが、夫の抱擁を想い出し、恋人を否定しようとしていると考えるのが自然のように思える。

戦後の詩壇は四季派の抒情を、戦時中の体制賛美、戦意高揚に加担した元凶として、烈しく拒絶した。四季派に関わる詩人は思想信条や置かれていた境遇など一切考慮されず、排斥された。「四季」と関わりがあれば、それで詩人としての総てが否定された。十六歳の少女だった頃「四季」を愛読し、十九歳の頃には「四季」に投稿していた堀内にとって、これは脅威だった。だから誰よりも抒情を否定しなければならなかった。溢れ出る抒情を作品から消さなければならなかった。そのために散文という表現方法を選んだ。行変えせず、句読点でつなげ、論理ではなく、情緒に焦点をあて表現した。さらに、登場する人物を特定しにくい書き方を選んだ。第二詩集『不思議な時計』では散文の表現をさらに発展させ、プライベートで書きにくいことを表現しながら、読者には錯乱だけを印象づける表現をした。「人間解体」の部分。

私は過ぎ去つた心の中の事件を、平気で話すことが出来ない。それは全くある限られた、瞬間の出来事で、私も貴方も詩人と云う、きわめて感性の強い人種の中で、こうした驚くべき、反人間的な事件が起きたのである。（中略）一度動揺した私の愛慾は、情ないことに自らの力では元の位置に戻すことが出来ない。私は書斎に錠を下し、貴方に会い易い時間中、自分をこの中に拘束してしまつた。

結婚の前、ほのかに恋していた男が、また近づいてきた。作者は動揺し、錯乱し、なんとか心の平安を取り戻そうと努力する。同詩集の「悪疫」には〈二人の可憐な童女を持つ私は、あらゆる手段を尽しても彼女等のかよわい芽を破壊されまいとする最大の祈願が、ついに一つの案を生んだ。〉という行があり、その後はコンクリートの高塀や八つの錠前などで部屋を守ることが書かれている。なんとしても家庭を壊したくなかったのだろう。『紫の時間』と『不思議な時計』は連続しているというより、錯綜している。公には出来ない恋心を押さえようと錯乱している。熟年の恋に悩む都会の女性、それが本格的に活動を始めた詩人の姿だった。

次に刊行されたのが昭和三十二年の『村のアルバム』。作者は第一詩集と位置づけているが、刊行は三番目。この詩集が堀内の詩人としてのイメージを決定づける。十五歳から二十歳の頃に書いた作品を集め、昭和二十年に疎開先で詩集としてまとめたとされている。

少女期の習作群ということになるが、完成度は高い。清純な十代の少女のみずみずしい内面の起伏を表現している。しかし、詩集としてまとめてから十年以上経っての刊行。戦争が終わってから、時間が経っている。刊行するまでにかなり手直しをしているようだ。戦前と戦中の山村の風景が戦後の視線で整理されている。価値観の逆転が起こった戦後に読んで違和感がない。例えば詩集の題名になった「村のアルバム」の後半。

村の旧火見台の鉄柵は
県の役人達の手で取り去られ
草もまだ生えない
赭土の跡地に
山の方から美しい鳩が
朝夕下りてきた
静かな夕方
やさしい村人達は
荷車の音を立てないやうに
ひつそり
横道を往来してゐる

作品には〈戦争中はいたるところ鉄材が集められた〉と注がついている。この作品は昭和十四年「四季」に投稿を始めた頃、「コギト」の同人、船越章に見せ、船越が神保光太郎に「コギト」「文芸汎論」への掲載を頼んだ作品。掲載されたかどうかは判らない。堀内十九歳のときだ。十六歳のときから「四季」を愛読していた堀内だったが、戦後になるとこの時代の行動が、価値観の逆転で、攻撃されかねない。悪くすると詩壇から抹殺されることもあり得る。

しかし、この作品にある風景は権力の手先の〈県の役人達〉に持って行かれた鉄柵跡の傷口のような赭土に、朝夕やってくる〈鳩〉。鳩は平和の象徴だ。しかも村人は鳩を驚かさないように〈横道〉を往来している。鳩のために道まで変えている。美しいが逃げやすい平和を村人はなんとか守ろうと努力している。この詩が日中戦争や太平洋戦争のさなかに書かれたままだとしたら、ものすごい反戦詩だ。もし書かれた当時の原稿が発見され、戦中の作品であると証明できれば、堀内幸枝は英雄的な反戦詩人となる。

しかし、戦後の視線で詩集刊行前に作品を手直ししたと考えるのが一番自然ではないか。高度成長が始まり、山村の風景が急速に姿を替え始めた時代、新しい少女の視線で、少し前の山村の暮らしを表現した。結果、この詩集は高度成長が始まる時代の読者の欲求にピタリと合致し、話題作となり、注目された。実際に市之蔵村まで出かけていき、詩集に描かれた村を確認しようとする人さえいた。

堀内は「四季」派の詩人であったという戦後のハンデを詩集『村のアルバム』で乗り越えた。決して戦争に協力した詩人ではなかったが、少女時代のマイナスイメージを〈山の少女〉というイメージに置き換えた。詩人堀内幸枝にとって〈山の少女〉は最高の褒め言葉だった。戦後詩人としてのよりどころだった。手放したくはなかった。しかし、そのことが都会の詩人である堀内幸枝を、ローカル色の強い、地方詩人と勘違いさせる原因にもなってしまった。

抒情が否定された時代の抒情詩人

——詩集『紫の時間』ノート

抒情詩人として知られる堀内幸枝だが、昭和二十九年刊行の第一詩集『紫の時間』と昭和三十一年刊行の第二詩集『不思議な時計』は散文詩集。何故、散文詩集を詩人としての出発に二冊も続けて出したのか不思議に思う。散文詩集だから抒情的ではないと言い切れるわけではないが、作品には抒情を伝えよう、作ろうとするよりも、抒情に流れまいとこらえるような、詠うというよりは知的に分析するような、喩に流し込もうとするような姿勢を感じる。分析によって言葉と言葉の間の飛躍を埋め、抒情を抑えようとしている。散文詩集『紫の時間』の最初に置かれた作品「紅い花」の後半。

　　風が立ち、或る急な寒さが襲つて彼岸花が色褪せた朝、緋い小道で一人の少女が死
　　んでいた。彼岸花の色を沢山吸つて真紅な体で毒の夢を沢山吐いて、死んでいた。
　　あくる夕、村に賑やかな祝宴があつた。
　　一人の少女の嫁ぐ酒盛だつた――彼岸花の押花のある詩集を隠す少女だつた。

　題名の「紅い花」は〈彼岸花〉のこと。〈紅い〉〈緋〉〈真紅〉は〈毒の夢〉を引き出すための色彩イメージ。〈彼岸花の押花のある詩集を隠す少女だつた〉とあるので〈毒の夢〉とは詩に対する思いのこと。詩人の堀内が何故、詩を毒であるとして隠すのか。何故、自己否定ともとれる喩で表現するのか。詩集の冒頭作品で作者自身を思わせる少女が死んだと表現する意味はどこにあるのか。

　堀内は文芸にあこがれ十九歳から「四季」に詩の投稿を始め、石原文雄や熊王徳平に誘われ「中部文学」に参加したり、甲府放送局に勤める「コギト」同人の船越章に詩集『村のアルバム』の原稿を見せたりしている。

　しかし、降って湧いたような縁談に詩人は直面する。結婚は文芸活動の禁止を意味して

いた。義理の父親は山村の生活に詩への情熱は不要なもの、ふしだらなものと考えていた。義父に乞われての結婚だったが、義父が期待する山村農家の嫁としての行動が出来ず、離婚させられそうになる。後に「地球の詩祭」の講演で、幾分ユーモアで誇張した言い方だったが、農作業をテキパキと進める婚家の人々の中で、いつもぼーっと立っていたと語っている。お金持ちで何不自由なく過ごしていたお嬢さんが、農作業の手順が判らずもたもたしていたのだろう。それで、新しい生活環境を開くため、夫と駆け落ち同然に、当てのない上京をする。まだ、暗い駅への道には梟が恐ろしげに鳴いていたと「ほーっ、ほーっ」と梟の鳴き真似を何度もしながら、後の堀内は語っている。始発電車で、生活のあてもなく上京。それからの困窮。親戚の手づるでなんとか仕事を見つけた夫。それに続く終戦間際の混乱。故郷への疎開、出産。夫の二度にわたる出征と終戦。再度の上京。次女の出産。子育て期。生活の激変が敗戦の混乱と重なる。山村の裕福な家庭に育ったお嬢さんにはまさに疾風怒濤の二十代だった。

結婚により文芸活動を禁止された経験が、文芸活動＝〈毒〉という認識の基盤にある。また〈少女の死〉のイメージの背後に結婚後の生活の激変がある。しかし、散文詩で表現しなければならなかった説明にはならない。

それには敗戦後の表現活動の動向を考える必要がある。文学においても、敗戦後の昭和二十年代は戦争に協力したとして、戦中に活躍していた詩人に対する批判が巻き起こった。戦時体制下の価値観が破たんし、逆転した時代。抒情そのものに天皇制を肯定し、戦争遂行に奉仕する特質があると考え、抒情詩を創作することは戦争に加担する行為、戦争へ人々を駆り立てる危険なもの、敗戦のみじめな現状を引き寄せてしまった根源、というような反撥が吹き荒れた。堀内にとって、その標的となった抒情詩の「四季」同人であったという立場。戦中の評論家、保田与重郎の「コギト」にかかわっていた詩人としての立場。敗戦後の価値観の逆転は、十代で詩人としてデビューした堀内幸枝の実績をゼロどころかマイナス条件にしてしまった。抒情詩は詩壇においても〈毒の夢〉だった。『紫の時間』刊行は三十四歳のとき。終戦から九年も経っている。堀内は創作活動においても、価値観の逆転に翻弄された。平成二十四年の現在でさえ抒情詩に対する偏見が無いわけではないことを考えると、敗戦後の抒情詩に対する風当たりは並大抵のものではなかった。

時代が戦後の復興から経済成長に移り始め、経済企画庁の『経済白書』で「もはや戦後ではない」と書かれた言葉が、流行語となった昭和三十一年、第二の散文詩集『不思議な時計』を堀内は刊行し、H氏賞の候補となり、現代日本詩人会にも入会し、詩人としての立場が安定した。堀内の評価は時代の変化と無縁ではない。敗戦の記憶が薄れたことで、堀内の評価は上がった。本来第一詩集となるはずだった十代の抒情詩を集めた『村のアルバム』刊行も、昭和三十二年にならなければ実現できない状況だった。

だから、敗戦後の詩壇の中で散文詩集『紫の時間』と『不思議な時計』で抒情詩人堀内幸枝は抒情詩を否定しなければならなかった。「四季」や「コギト」に投稿していた過去の否定。自己反省の意味さえ含めた詩集だった。価値観が逆転した戦後を生きるための必死の模索だった。個人的な心情表現に忠実な詩人であったことで結果として、抒情の否定に傾いた時代に、巻き添えを食ってしまった。時代の流れと感性が逆方向になってしまった。開花し始めた抒情詩人は、拠って立つ創作基盤を敗戦によって否定されてしまった。だからこそ、感情の分析と喩の活用による抽象化の方法を選び、散文詩として表現するしかなかった。詩集『紫の時間』はそんな時代の詩集。同じ題名の作品。「紫の時間」の部分。

机上の灰皿の中に落ちている昨日貴方の吸い残した煙草は奇しい光に点火され、紫の煙を立てゝいる。(中略)紫に変化した空気の中では私は一疋の金魚のように貴方の唇に吸い寄せられて行く。陽が溢れるばかり射す一個のガラス箱の中に突然恋が生みつけられ、懐妊までの女の夢が軽々しく自演される。

恋愛から始まった結婚生活ではなかったが、上京後、生活が安定し、懐妊し、良人の気配に包まれた恋の中にいる。夫の帰宅を待つ自分に金魚鉢の中の金魚のイメージを重ねる。『紫の時間』とは恋する若妻の時間。結婚後、姑に反対されても、夫婦で在り続けようと駆け落ち同然の行動をとった良人への思いを心に強く意識する。『紫の時間』は恋愛詩集でもある。しかし、女ざかりで、夫の帰りを待ち続ける若妻は、詩人として活動し、決して部屋に閉じこもっているような女性ではない。「パンポエジー」入会は昭和二十七年、三十二歳になってから。神保光太郎、深尾須磨子、船越章、北園克衛、岸田麗子、三井ふたばこ、中村千尾、高野喜久雄、藤富保男、秋谷豊との交流もあり、年を追うごとに交流する詩人の範囲が拡がって行く。そうした中で誘惑が無いわけでもない。「寂念の刃」の最終行。

『気の毒な方よ。御自分の欲望すら知ることができないなんて！』

良人以外の男からの誘惑だろうか。欲望を感じないどころか、詩人は葛藤のなかにいる。「樫の木と茶梅の木の話」には〈多分あの人もあの辺の屋根の下で静かな寝息を立てゝいよう。而し私はそちらの方向へ歩みたくない。〉〈星が消えて夜明が近づいた頃、私の胸は樫の枝を拡げたまゝ我が家へ帰り、子供に添い寝している私の中へ戻る。〉とある。「不気味な時計」では〈この腕時計をかけさせられた私の神経は興奮の頂天を張り、昼夜の別なく映画演劇恋の火と刺激の極を求めて間断なく歩き廻る。〉。戦後の表現活動の激変に対応しようと、映画や演劇など活発に他の表現活動を吸収し、家庭生活とのバランスをどう取るのか苦闘している。「哀れな少女と娘の記」には心の分裂が明確に表現されている。

私の結括帯は切れて畳の上に、母と妻と少女と恋を含む娘とにばら〳〵に転り出す。

〈妻〉としての立場、〈母〉としての立場。そして〈少女〉としての立場。堀内の言う〈少女〉とは詩の創作活動に取り組む意欲に満ちた自分と、充分に成長し終わる前に中断されてしまった抒情詩人という意識が重なる。少女と並列の形で表現されることの多い〈娘〉

という言葉をわざわざ〈恋を含む〉と修飾している。つまり恋する若い女性の意味。関西語圏だったら〈こいさん〉と表現するような感じ。「哀れな少女と娘の記」部分。

娘は夜道を一散に走り雨の中に眠っているあの人の、心の扉をノックして別離の日の続きのように、甘い涙を流し合う。子供と良人の上に形ばかりの母と妻が端坐する。影絵のように薄い妻を取り残して父は子と団欒する。

二三日して曼珠沙華で目を真紅に傷めた一人の少女と濡れそぼちた哀れな娘が、家の戸口を敲く。良人と子の淋しい夕餉の膳に向っている私の中へ、滂沱とした悔恨の涙に暮れて戻ってくる。私が総ての私を取り戻すと、子供達は喜びに溢れ胡蝶のように私を取り巻くが、而し一方影絵の中で物淋しい少女と娘が母の姿に締め附けられて慟哭する。

結婚し、出産し、子育てをしながら、堀内は文学への情熱を捨てない。文学活動は妻の立場、母の立場をなおざりにしなければならないときがある。文学活動に情熱を注ぐ自分に対する罪の意識。その反対に、家族というしがらみから思うように行動できない悔しさ。

両立できないものの間で揺れ動く感性。それは、創作の基盤である抒情性を敗戦後という時代に否定され、創作方法の模索を続ける抒情詩人の喩でもある。詩集は家庭でも文芸活動でも、自己分裂した抒情詩人のアイデンティティー探しの記録としての側面を持つ。詩集の最後に置かれた作品「悪夢」の部分。

最後に一つ信ずる事を残していたあの人が今、窓の正面に向かつて大きくクローズアップしてきた。（中略）私はその男の上にどしりと落下する。

詩集『紫の時間』は祖父の死を題材にした「二重ガラスの縁の幻想」や初恋の幼い想い出を題材とした「午睡」など、異性への思いを軸に、結婚生活そのものを問い、分析し、良人への思いを確認し、詩集全作品の葛藤を悪夢として総括する。

詩集『紫の時間』は価値観の反転した敗戦後、抒情詩人としての葛藤を、激変した生活の中で良人に対する恋心を確認するまでの体験に重ねた心の記録。この詩集で家庭生活の核ともいうべき良人への恋愛を堀内幸枝は確認した。そして抒情を抑えた表現方法を模索し続けた。私生活での体験と敗戦後の詩壇での堀内の立場は、抒情詩の創作を否定した点で共通しており、堀内の以後の表現活動に大きな影を落としている。詩集『紫の時間』とは抒情を否定する時代に作られた抒情詩人の詩集。自らが持つ抒情性を否定する心的な抑制と生活からの抑制と時代からの抑制の中で、試行錯誤と、より深く自己を見詰めようとする道程だった。

娘からの脱皮

——詩集『不思議な時計』ノート

堀内幸枝の第二詩集『不思議な時計』は第一詩集『紫の時間』と同じ散文詩集だ。続編としての内容を持つが、時間的な経過というよりは第一詩集であまり触れなかった葛藤と再生を扱い、より具体的に作者が体験した有様を、情緒による心理分析で抽象化しようとしている。

この独特な表現は昭和三十年前後の前衛的な試みと連動している。抒情的な余韻をできるだけ打ち消そうとする技法だ。喩で包括的にイメージ化し、具体性を持たせるのではなく、具体的に表現することを避けようとする。イメージの連鎖ではぐらかしや迷路に変化させることで、烈しい葛藤を表現する。巻頭の作品「赤いカンナ」の部分。

私の上に被つている（分別）の衣の下でせつなげに啼くもののために、縁先のカンナを見つめていた私は、突然この円錐型の花の底へ落ち込む憂き目にあつた。（中略）長い間瞳の裏に切ない影像だけ残していた彼が、何の桎梏もない表情で近寄つてくる。（中略）私の心を染め抜いた怨恨がどれほど深いか思い知らせてやろうと決意すると、（分別）ある世間事は繰り返さないでいよう、それ故お互に死なない先の一日だけこんな花の底へ転り落ちるのだと説明してくれた。

「赤いカンナ」は詩集全体のプロローグとしての意味を持っている。第一詩集の『紫の時間』を象徴する花が古里にある〈曼珠沙華〉だとすれば〈赤いカンナ〉は都会の庭に咲く花。第一詩集が禁止され中断した文学活動や恋心に重点があるのに対し、そこからいかに抜け出すか、乗り越えるかの葛藤を表現したのが、第二詩集『不思議な時計』。世間の分別を捨て、情念の赴くままに行動しようと誘われる作者。結婚で止まっていたはずの文学活動と恋心が、動き始めてしまった。卒業しきれなかった少女や娘の感覚がよみがえってきた。禁止されていた時間が再び動き始めた。「不思議な時計」の部分。

過去のせつない情熱の余炎で仕上げられてゆく。それこそ頽廃的な音調。清冽な音階。甘美な音色。一つ一つその時の特色を持つ心臓の音が、一様に美と云うファモニーを支え合って、此の部屋で次々に鳴り響いていく。老いた日のため、これは全く青春の生きたフイルムが、一室に集められたという寸法。（中略）私は何日か血みどろな思案の結果、即席に全部の時計を繋ぎ合わせてみた。

詩集名として作品群の全体を総括するイメージ「不思議な時計」とは青春の輝かしい思い出を、妻として母としての時間とどのように繋げるか、がんじがらめにされていた文学的な衝動をどのように解放するか、葛藤した記録。作者にとって、恋心と密接に結びついた文学的衝動の再開は心の中で充分に納得できないままに中断していた課題を改めて突きつけた。青春時代の文芸活動や恋心は、克服しなければならない課題だった。作者は納得できるまで悩み抜く。繰り返し、過去の自分を検証する。

そのとき〈一つ一つその時の特色を持つ心臓の音が、一様に美と云うファモニーを支え合って〉と表記していることは注目に値する。作者は葛藤の中で青春時代の一コマ一コマに〈美〉が有ることに改めて気付いた。十代の頃にまとめた『村のアルバム』が自身にとってかけがえのない青春の記憶であることを確信した。この葛藤の時期がなければ、次の詩集として青春時代の詩集『村のアルバム』刊行はなかったかも知れない。

ともあれ、もはや青春期ではないからこそ、創作再開の葛藤は切実なのだ。詩集中の作品「過失」には〈私の金切り声に良人が入つて来た時、すでに貴方の姿はなく、此の部屋は、机、椅子、鏡台と乱雑に倒され、窓掛は引裂かれ、電灯の傘の揺れだけまだ微かに残つていた。しかし、不思議と被害は書棚から、かつて私を早熟な娘に育てたあの詩集が持ち出されているきりだつた。〉と、乱暴に荒らされた部屋のイメージで、内面の混乱や動揺をイメージ化した。〈貴方〉とは青春時代の作品を集めた『村のアルバム』にかかわる人物。その人物との出来事だと暗示する。真剣に悩んだ作者が思わず〈金切り声〉をあげたことは事実なのかも知れない。けれど荒らされた部屋はあくまでも作者の妄想。慌てて入ってきた良人にとって、何のことか理解できないような出来事だったのではないか。ただ、妻の極度に緊張した様子にある程度の事情は感じていたはずだ。さらに「初秋のころ」の部分。

十年も遠い日、白壁の赤い日差しを背に、私が始めて会つた接吻の痺が唇の上にほの温かく脈打つてくる。（中略）かつてアナウンサーだった貴方の声を、今、ラジオの中に判別する機能を失つている私は、いそいそ台所へ立つて行く。

「堀内幸枝年譜」によれば十九歳で「四季」に投稿を始めた一九三九年（昭和十四年）「コギト」同人で甲府放送局に勤務する船越章に会い、後に詩集『村のアルバム』としてまとめる詩の原稿を見せている。そして船越は上京し神保光太郎に「コギト」や「文芸汎論」への掲載を頼みに行く。彼は本格的に文芸活動を始めた時期の、良き理解者であり、よき支援者だった。

しかし、結婚と子育てと戦争の時代、文芸活動を始めたばかりの詩人は文芸活動を中断しなければならなかった。それでも、創作活動に対する思いはやみがたく、アパートから新居に引っ越した一九四八年（昭和二十三年）近くに住んでいた深尾須磨子との交流など、詩人としての活動を細々とは続けていた。「堀内幸枝年譜」の一九五〇年（昭和二十五年）三十歳のときに〈中央線大久保駅で乗った電車の中で偶然、船越章氏に会う。その足で九段の日本歯科大学図書館勤務の北園克衛氏と、詩友岩本修蔵氏を訪れる。（船越氏もここに勤務）

長い時間の流れを語り合う〉とあり、偶然の再会で、文芸活動がまた本格的に始まる。詩人としての再出発に船越との再会は無視できない。家庭では育児にゆとりができた時期でもある。恋愛抜きで始まった結婚生活ではあるが、離婚させられそうになったときは、駆け落ち同然に古里を出奔し、共に新しい生き方を模索した夫。婚家とは違って、作者を受け入れようとする夫との間には実生活の積み重ねと、相互理解がある。

しかし、文学に対する思いは、心の中で成長しきれないままくすぶっていた。不本意に中断された文学への思いが、船越との再会によって復活し、抑圧していた文学少女の感覚がよみがえってきた。文学の衝動が、船越と絡み合った形で動き出した。三十代の詩人は心の中の未成熟な文学少女とのギャップの克服に苦しんだ。それは、作者の内面にまで及んでいた創作活動への抑圧をどのように克服するかの、戦いの始まりでもあった。文学活動への抑圧を乗り越えるための過程を詩集『不思議な時計』で表現した。

三十代の主婦である時間。成長しきらない文学少女としての時間。未完の恋を思い出す娘の時間。二児の母としての時間。通り抜けなければならない自己分裂の修羅場だった。分裂した自分が所属するバラバラな時間を〈不思議な時計〉と表現した。詩集の最後に置かれた作品。「悪疫」の部分。

彼との歩行が少しも揃わない。彼の内部に何かひどく固い物が詰つていて、私は躓いてばかりいる。私がその壁を取り除こうと焦れば、彼の動作は何物か隠すのに必死になる。仕方なく私は静かな喫茶店を選んでみた、が其処はなおいけない。彼が隠そうとするその脳髄を噛むような無気味な音が、静かな中では、はつきり聴き取れて来るではないか。彼はいよいよあわてて吸鳴り散らし、私の良心を麻痺させるのに懸命である。その姿は私の悲しみの極であつた。手の施しようもなかつた、彼が最後に私の肩へ手を掛け、何か大切な事を一言云おうとしたが、もう遅く、私の誠実さは硝子板を流れるような虚しさになつてしまつた。

再燃した恋には終わりがあった。お互いに再会までの生活の歴史がある。お互いにそれなりの歳を重ねている。しかし、中断して大人になれなかった娘は、主婦であり、母である三十代の自分の姿をはっきりと自覚した。恋する娘から成人の女性に脱皮するための葛藤の時代が終わった。同じ「悪疫」の後半。

一瞬あたりが深閑とした。と、永劫に苦しんだ魂というものがみごとに打砕かれたのだ。それきり私は死んだものと思っていたが、空気は白く、太陽は赤く燃え、全く別の明日という日が来ていた。その上不思議にも私の脳髄、心臓、肺臓がやはりそこに健在していたのだ。

再燃した恋の終わりは、成人した詩人としての自覚だった。その詩人としての再出発を作者は〈不思議〉ととらえる。詩集『不思議な時計』には詩人として立つ決意が込められていた。この詩集はH氏賞の候補になり、詩人として注目されるきっかけにも成った。都会での恋愛を表現する詩人として、抒情を否定する方向で、モチーフやテーマを発展させる可能性を秘めていた。

しかし、作者は抒情を否定する表現方法に、違和を感じていた。イメージが流れ出そうとするたびに、迷路のようにねじ曲げる表現は詩人の資質とはずれがあった。この後、堀内はほとんど散文詩を書かない。だが、『紫の時間』と『不思議な時計』の散文詩の呼吸やセンテンスは、後の作品の行変え詩に、作者の文体の特徴として残る。

山の少女は抒情だけを見ていたのか
——詩集『村のアルバム』ノート

　首都圏に近いとはいえ、笹子トンネルを越えた山梨県。まだラジオさえ充分に普及していない時代の山村の暮らし。世界恐慌に続く、日独防共協定や日中戦争、ノモンハン事件、ヨーロッパでは第二次世界大戦が始まろうとする時代。それが詩集『村のアルバム』の背景。リーマンショック以来の世界経済と東日本大震災と原発事故以後の生活と重なるところと重ならないところ。詩集には肌で日々感じる現在の発散しきれない暗さと不安に、不思議なほど重なるものがある。そして時代の隔たりを乗り越え、詩集からは清純な十代の少女の瑞々しい内面の起伏が見える。十五歳（昭和十年）頃から二十歳（昭和十五年）頃にかけて書かれた作品群。思春期の少女の眼を通した山村風景や結婚直前までの心の起伏が表現されている。「蕎麦の花」の後半。

黄昏が近づいて来ると
山も川も空の色に溶けてゆく中に
蕎麦の花はほの暗い白さに続いてゐた
私の体からおさへきれない歓びのやうな
哀しみのやうな
ほのかな一つの思ひが
煙のやうに蕎麦畑の上を拡つて行つた
私は俯いて蕎麦畑の中の自分に懐かしくみとれた
唯一本の黝い小径は私の足の起点から
前後に細々と延びてゐた
どこまでもどこまでも一本の径だつた
どこまで行つてもやはり蕎麦の花は咲いてゐた

思春期の漠然とした不安とナルシシズム。かすかに性的な期待を秘めながら〈ほの暗い白〉に全身が包まれ〈煙のやうに〉心が溶け出してゆく。過去と未来が、今の自分を起点として続いている。これからの人生。どこまで行っても蕎麦の花が咲いている。未来への漠然とした明るい希望。それは、作者、堀内幸枝の、ひかえめではあるが一生涯書き続けることになる〝詩〟の出発を告げる宣言でもある。

しかし、黄昏は夜の始まり。思春期の心の表現として不安や性的な暗示を秘めた言葉でもある。なぜ、青春の憧れや不安を明るい太陽のもとに表現しなかったのか。未来に蕎麦の花が咲き続けると感じさせながら、暗い夜をも暗示している。感受性の質と言うより、戦時色に染まっていく時代、〈ぜいたくは敵だ〉などというスローガンが叫ばれるようになった社会的な閉塞感を反映しているのではないか。「曇り日」全行。

一羽の鴉が雲の低く下つた部落の
陰気な午後を飛んでゐる
平たい藁屋根の上に
暗い陰翳が大きくうつりゆき

村全体が次々に
かげりの中に入つてゆく
今　私の村は一羽の鴉で暗くなる
静かな夕方私一人が二階に立ちて
この音もたてない淋しいものを
眺めてゐる

この作品も思春期の不安を表現している。少女は雲の陰に入ってしまう村の午後を淋しんでいる。若い時期の作品なので、表現の誇張に少し無理があるようにも感じるが、かえって、アニメに親しんで育った最近の世代には一羽の鴉の影が村全体を覆っていくイメージはすんなり想像できるかもしれない。書いたのは、まだ太平洋戦争前のはずだが、今になって読むと村を空襲するＢ29の喩とも見えるし、津波のイメージとも重なる。また、口語自由詩が当たり前になっている現在、〈立ちて〉の〈て〉が浮き上がって読めてしまう弱さも感じる。しかし、読んだ後にシュールなイメージが深く残る。思春期の不安な心理の表現に、戦争の時代の恐怖が重なる。

この作品は三好達治が昭和三十二年四月号の「主婦と生活」に「作詩心得」と題して紹介している。堀内幸枝は「四季」の詩人たちの中で〈山の少女〉と呼ばれていた。そのため詩集『村のアルバム』は「四季」の流れをくむ少女期の抒情的な作品群と、多くの人から考えられているようだが、そんなに単純な詩集ではない。抒情の陰に大きな時代の流れがある。

なお〈部落〉という言葉。この作品ばかりではなく詩集中に幾つも散見するが、これは差別用語としての使用ではない。関西とは違い、少し前までの関東地方では集落とか村とか、住居が何軒か集まった場所を〈部落〉と表現していた。今なら〈地区〉と表現するのだろうが〈地区〉という言葉は一般的ではなく、使われていなかった。「朝の道」の全行。

山峡の村では
小山羊と
小馬と
鶏は仲良しで
子供が学校へ行つたあと

村はあまり静かすぎ
みんな生垣をぬけ出して
朝の道を
きげんよく歩いてゐる
まだ誰も歩いてゐない往還を
山羊と小馬と鶏が
一人前に歩いてゐる

子供たちが学校に行った後なので、現代では九時頃くらいに思えるが、当時の山村では遠くの学校まで長時間、歩いて通っていた。午前六時から七時くらいを考えたらよいのだろうか。もっと早い時間かもしれない。村の道に人影はなく、小山羊と小馬と鶏が歩いている。童話の世界のような明るい牧歌的な作品に読める。

しかし〈村はあまり静かすぎ〉は作品の印象とは裏腹に、明るさを目指した表現ではない。むしろ不安を表現している。世界恐慌や泥沼の日中戦争で青年たちが出稼ぎや兵士として出ていったので、村には青年たちの姿が見えず、寂れているのだ。のどかに見える風景の陰に太平洋戦争間近の山村の暮らしが沈んでいる。むしろ、原発事故で住民が立ち退いた後、無人の村を犬や牛が歩きまわっている風景に近い。表題作「村のアルバム」の後半部分。

村の旧火見台の鉄柵は
県の役人達の手で取り去られ
草もまだ生えない
赭土の跡地に
山の方から美しい鳩が
朝夕下りてきた
静かな夕方
やさしい村人達は
荷車の音を立てないやうに
ひつそり
横道を往来してゐる

なぜ、県の役人が鉄柵を持って行ったか、作品には書いていないが〈戦争中はいたるところ鉄材が集められた〉と註がついている。思春期を迎えた少女の村にも時代の波は寄せていた。村のスナップ写真を撮るように風景を表現したことで、戦争の欠片が作品の中におのずから入り込んできた。金属を供出した後の赭土むき出しの冬の地面に〈山の方から美しい鳩〉が来る。村人は鳩を驚かさないように、ひっそり横道を往来している。平和の象徴である〈鳩〉が戦争の傷跡を表徴した〈赭土〉の上に舞い降りる。その鳩が逃げないように気遣う村人の優しい行動。逃げやすい平和が続くことを願う人々の姿がある。表題作「村のアルバム」は年表によると一九三九年（昭和十四年）に「コギト」同人の船越章に原稿を見せたとあるので、太平洋戦争以前の作品。しかし、この作品は戦後の平和への希求を明確に表現している。たぶん詩集を刊行するまでに作品は手直しされている。

詩集『村のアルバム』は一九四五年（昭和二十年）に山梨県の市之蔵の実家へ疎開していたときに詩集としてまとめたもの。一九三五年（昭和十年）頃から一九四〇年（昭和十五年）頃までの作とされている。日本が中国大陸で活発な軍事行動を行っていた時代。少女期の習作群とも言えるが、完成度は高い。詩集として世に出たのは一九五七年（昭和三十二年）。

詩集として作品をまとめてから十年以上も経っている。創作時期と詩集として発表するまでに太平洋戦争を挟み、戦争が終わってだいぶ経っている。詩集『村のアルバム』の作品は繰り返し手直ししてから出版したらしい。

だから、戦前の山村風景が戦中のイメージで強められ、戦後の価値観で整理されている。価値観が逆転した戦後でも違和感がない。背景となる山村の暮らしを戦後の視線で書き直している。単に、静かな山村の風景を思春期の抒情で結婚前の少女が表現した作品ではない。山の少女の暮らした山村のイメージは第二次世界大戦後の平和への願いを具象化したものでもある。田中冬二や「四季」から学んだ対象のつかみ方で、抒情の中にどっぷりつかっているはずの詩人が、それも少女期の作品群で、平和への願いを表現していたこと、表現しなければならなかったことを、今まで見落としていたのではないか。

喪失感と成熟

――詩集『夕焼が落ちてこようと』ノート

堀内幸枝の第四詩集『夕焼が落ちてこようと』は一九六四年（昭和三十九年）、詩人が四十四歳のときの刊行。一九五六年（三十六歳）の詩集『不思議な時計』刊行以後の作品をおもに収録している。三十代後半から四十代前半にかけて作られた作品。「夕焼が私の上に落ちてこようと」の最後の部分。

こんなに気の滅入る夕方
あの夕焼が私の上に落ちてこようと
私をまるごと焼いてしまおうと

私を出来るだけまのぬけた原つぱへほうり出してくれないか。

夕焼が自分の上に落ちるイメージには大きな自負心が感じられる。しかし、一日が終わってしまうという不安。〈まるごと焼いて〉や〈まのぬけた原つぱにほうり出して〉など、自虐的な発想がある。今の自分を壊したり、別の次元に生きてみようとする願望を表現している。前回の詩集で恋はきっぱりと終わったはずなのだが、閉塞感に焦れている。詩人はしばしば赤い色を情念の象徴として使うが、夕焼には女ざかりが終わってしまう焦りと、情念に身を焼く女のイメージがある。詩人が情念に焼かれ、ほうり出されたいと願う原っぱは〈まのぬけた〉場所。しかも〈原つぱ〉とは人家に近く、さほど広くはない草原。新しい恋をしたところで、結果はたいしたことはない。〈まのぬけた原つぱ〉にほうり出されるだけ。結果は見えすぎている。しかし、だからと言って、今の暮らしでは物足りない。自分の活力ある情念を持て余しているようだ。「曇天」の最後の部分。

あのたれさがった空のへりを
ひと思いにまくり上げ

地上にふと、とてつもない逆転と
夢のような混乱を引起こしてみたくなる――。

この時期、詩人には大きく表現しようとするエネルギーがある。同じ作品のなかには〈うすく二つにはがされた天と地の間から／太古の蒼い気流が／一気になだれ込んだとしたら〉や〈とてつもない逆転〉などの表現があり、〈夢のような混乱〉とは生命の息吹に満ちた若々しい混乱を意味しているらしい。生活が安定し、自分の実力に自信があるからこその、冒険への願望だ。溢れるほどの活力に満ちている。

この時期を「堀内幸枝年譜」に見ると、十代後半の詩集『村のアルバム』を一九五七年（昭和三十二年）に刊行し、三好達治から称賛されたり、川端康成から感想文をもらったり、三好豊一郎、嶋岡晨、大野純が出席した出版記念会、さらに日本文藝家協会の『日本詩集一九五七』に作品が収録されている。一九六二年（昭和三十七年）には日本音楽著作権協会に入会。詩人としての実力が認められ、活発な文芸活動を行っている。「花が一つ咲いている」の部分。

むなしさをうずめるような

みのりもない恋をするのだ
白つぽいすき間をなくすため
かつての清純なものをよごれた風景の中に咲かせている

この詩で〈夢のような混乱〉には〈みのりもない恋〉の意味があることに気付く。前回の詩集『不思議な時計』の作品群で表現した恋愛の葛藤は遠い昔の記憶。恋から詩人は遠く隔たっている。しかし〈みのりもない〉と分かっていても、女ざかりの体力は平和な生活に、物足りなさを感じていたらしい。〈白つぽいすき間〉と表現する喪失感。〈かつての清純なもの〉とは十代の作品を集めた詩集『村のアルバム』のことらしい。四十代前後になってから、十代で書いた作品が評価されるという、ちぐはぐ。成熟した詩人であるのに、周りの人は少女の詩人を見ようとする。しかし、敗戦後の価値観の急激な変化を乗り越えて、やっと日の目を見た詩集が、評価されること自体は詩人の念願でもあった。喪失感やとらえどころのない平和な暮らしのすき間に、清純な過去の自分が花のように咲いて見えたのだろう。詩人の感性の中に恋は〈みのりもない〉ものとして、〈かつての清純〉なものは花として認識されている。女の情念を表現しても、どろどろとした生臭さがなく、いつまでも若い清純さを感じさせる表現の秘密はそんなところにあるのかもしれない。しかし、四十代ともなれば、自分自身の体力に衰えを感じ始める時期でもある。「病中夢想」の最後の部分。

開いた　ただ赤い花弁の
そのあでやかさは
しぼんだこの乳房もろとも渦の中になげ込んで
なお
強烈に
私を辱めよ
泣かしめよ
私を辱めよ
泣かしめよ。

一九六二年十二月、急性胆嚢炎で入院したときに死を考えたこともあったらしい。〈赤い花弁〉とは生命そのものを象徴しているようだ。作中で百合の花と表現しているが、〈花弁〉を強調しているので、透かし百合なのだろう。凶暴な力に花弁が翻弄されるイメージだ。これも詩人の表現する〈夢のような混乱〉の一つと言えるかもしれない。ただし、これは本物の悪夢。〈とてつもない逆転〉は花として存在する生命の賛歌ではなく、生命の危機だ。だからこそ〈花〉としての形が分裂して〈花弁〉になった。清純な永遠の少女であろうとしても、〈しぼんだこの乳房〉と表現するように体は年齢相応に変化していく。それを、安定した手法で表現した。「黙つて　黙つて」の部分。

だまつて　だまつて
モンぺとササクレタ手と　油のない髪と
それなのに心の中にだけダイヤが光つて
青春の悲しみがそのまま塀にしがみついていた
うすぼんやりとした太陽と　曇天の下の赤いカンナを見ていると
体中で泣きたくなる
あの色だけが青春の一滴というものだな　と……

この作品、敗戦後、スピーカーを使いがなり立てる選挙宣伝カーが走る風景の中に自身の人生と時代の変化を重ねた秀作。ゆとりのない戦時下であったとはいえ、今はない若さをもっていた自分への強い願望表現がある。

詩集『夕焼が落ちてこようと』の前半に収録された作品には恋愛に関する喪失感が色濃く出ているが、後半の作品群では失われた青春への追憶に比重が移る。人生のライフスタイルの変化が作品に反映している。都会生活の中で恋愛に傷つき、彷徨していた詩人は都会での恋愛を表現する詩人にもなりえた。しかし、三十七歳で出版した詩集『村のアルバム』が好評だったこと、この詩集で詩人としての評価が定まったことが、体の衰えを意識し始める年齢と重なって、青春時代への強い憧れとなった。逃げ出してきたはずの古里が詩人の内面に大きな比重を占めるようになった。都会の〈まのぬけた原つぱ〉より、ふるさとの山に囲まれた暮らし。〈曇天の下の赤いカンナ〉は都会の〈うすぼんやり〉とした暮らしの中に、有り余る情念を持て余す詩人を象徴しているように思う。失われた青春と古里への思いは、その後の文学活動を方向づけた。詩集『夕焼が落ちてこようと』の作品群は成熟した技法でその心の移ろいを表現している。

遠い青春と作品世界の再構築

――詩集『夢の人に』ノート

堀内幸枝詩集『夢の人に』は一九七五年（昭和五十年）、五十五歳のときの出版。昭和四十年から五十年にかけて書いた作品の中から選んで収録したと「あとがき」に記し、〈ここに集めたものは、今、生きている私の地点に立って書いたものばかり――『不思議な時計』『夕焼が落ちてこようと』と同じ内容のものをあつめました。〉とある。しかし、二つの詩集を書いたときの作者の地点と『夢の人に』とは大きく違っている。「かすかな歌声」の部分。

私と人間との間に黒いドアーがぴしゃりと締ってしまいました。

私はやむなく裏側の廃墟に小鳥たちと一緒に住みつくようになりました。

ここは一日、力のぬけたような風が吹いていました。

退屈などとは勿体ないほど静かで、一日小鳥たちのねぐらに交って宿をとっていました。


これまでの詩集にあった〈情念〉への戸惑いではなく〈ドアーがぴしゃりと締って〉とコミュニケーションの断絶を表現するが、葛藤は表現していない。むしろ、閉まった事実にどのように対処したのかを、表現することに主題がある。これまでの詩集なら〈あなた〉または〈あの人〉と特定の個人を指す言葉を使っただろう。しかし〈人間〉という性別すらわからない、作者自身をも含んでしまうような概念の言葉を使う。これまで作者がこだわってきた恋愛感情とか情念といったような関係をイメージしにくい。集団からの疎外感としての表現だ。家に閉じこめられたイメージ。特定の個人とのコミュニケーションの欠如ではなく、すべての人との断絶を表現している。〈裏側の廃墟〉という言葉でも、公の自分ではなく、自分の内面の荒涼とした気分や感覚の喩だ。〈小鳥たち〉というのは多分、二人の娘さんのこと。母親として娘達との時間を過ごしている。〈力のぬけたような風〉

と表現する反面〈勿体ないほど静か〉とも表現している。おだやかで静かな娘達との時間だ。詩集巻頭の「初秋の白い花」の最終部分。

なにもかも不思議な夜があるものだ
蓮の花のように月をかぶせるほど大きな蝶が
フワン　フワンと月の周りを舞っている
白くとも　白いから夜はいっそう
火を吹く花を並べる窓辺の
いやどれ一つをとってみてもなんと不思議な夜
その匂い
そしてまもなくその花は彼の窓辺に開くだろう。

〈火を吹く〉の〈火〉には赤いイメージがあるのだが、題名にあるとおり火を吹くのは〈白い花〉。情念や恋心を表すこれまでの詩集の赤がこの詩集では極めて穏やかな〈白〉のイメージにかわっている。〈蝶〉にも〈花〉にも色彩としての〈赤〉のイメージがない。〈匂い〉がするだけだ。〈彼の窓辺に開くだろう〉と〈彼〉と指し示す相手は特定の誰と言うにはあまりにも漠然としている。とても静かで穏やかな表現。しかも予想であって、まだ、開いてはいない。火を吹くというような赤いイメージを予想させるほど強くない。「少女の森」の最終部分。

ああ美しいと全身で叫んだ十六、七歳の夜の窓
窓辺に書いた日記　燃える森

やがてそれは境もおぼろに
土橋の横に黒い森としてむしばまれ
やがて電柱と電柱の間に一本一本の
森の木は切り裂かれ
やがて野やきの煙が森一面をなで
それから　それから　それ等の上には長い長い雨が
森の火を一つ一つ消していったことを

やがて遠く黒く
すべてがすべて錯覚だったということを
それから黒い森は永久に
私の生きている間　私に黒い森として変らなくなってしまったことを——。

〈少女の森〉は切り裂かれ焼かれ、雨に打たれ〈森の火を一つ一つ消していった〉。のこっているのは黒く焦げた森。恋や情念は〈遠く黒く〉なってしまった。〈赤く燃える森〉は、炎を失ってしまった。〈すべてがすべて錯覚だった〉とまで表現している。恋や情念が実感として感じられないのだろう。これまで恋や情念を追求していた堀内幸枝の内面世界から、情念が次々と消えていく時期だったのだろう。だから追求し、表現しようとする意思と現実の実感と大きくずれてしまった。情念や恋は生活の中ではなく、記憶の中へ居場所を移してしまった。だから〈錯覚〉という全否定の表現ともなったのだろう。「昼の夢」部分。

みずうみは風と光をそよがせ

すいかずらはかわいく咲いて
ええ　いま　とっても幸福です
まっぴるま
私は大胆に彼と接吻しましたが
だれも見ていませんでした
私は　はしゃぎすぎて
みずうみに落ちましたが
そのみずうみでは
おぼれてもけっして濡れませんでした。

すいかずらの花は白か黄色。花には蜜が多く、花を吸うと甘い。この作品も赤のイメージのない〈すいかずら〉を使っている。〈とっても幸福です〉と感じさせた夢は性的な心地よい夢だったのだろう。〈おぼれてもけっして濡れませんでした。〉と、かなり意味深な表現だが、あくまでも夢の中。現実の葛藤も情念のモヤモヤもない幸せな感覚。実生活の安定とゆとり。この詩集には失われていく青春を、あるがままに受け入れ、表現しようとする静かな意思がある。長い年月が現実のドロドロとした情念の汚れを洗い流し、恋の幸福な記憶や、感覚だけを残し、美化されている。「六月の雨」最終連。

このうっとうしい雨の中にも
爽やかな麦畑があるように
雨の合間にするどくさす日光があるように
ただ
六月の雨降る中に
まだ消えてしまわない幼い日の恋
紅の花一本
よみがえれ
青い麦畑のように

六月の憂鬱な長雨に託した、老いの倦怠感を表現した前半を受けた最終連。詩人の抒情は一転、明るく流れ出す。青々と茂る麦畑や鋭く差し込む日光には新しい生命力がある。

大切に恋の記憶を思い出し、育てようとする。〈よみがえれ〉と語りかけ、老いを感じながらも、決して暗くとらえようとはしない。「光と影の境で」の最終部分。

赤い太陽や夕焼や青い空がのびている
広々とした日なたに出るわけにはいかない
私の回想は日光に弱くまばゆい
泰山木の葉を何枚も重ね合わせた
この黒みのいちばん濃い影の中心で
私は背を丸め膝をかかえて
境界の外側の
陽のにおいに　目をほそめ
より盲目に　うずくまる
この安らかさ
このしめやかさ

泰山木の花も白い。この詩集で作者は白い花を好んで使う。詩集『夢の人に』を色彩で喩えれば〈白〉。〈赤い太陽や夕焼や青い空がのびている〉広々とした日なたを避けようとする。この詩集の前に出版した詩集の題名が『夕焼が落ちてこようと』であったことを考えると、〈出るわけにはいかない〉と表現する作者の意識は、前の詩集のときとはずいぶん変わってしまった。自閉的なイメージを伴う〈いちばん濃い影の中心で〉うずくまると表現する心境。視線は自分の外ではなく、内に向かおうとしている。この時期、自分に閉じこもることで〈安らか〉な生活を望んでいたようだ。外に向かって、働きかけようとする意思がない。むしろ自分の内に、創作の場を作ろうとしているように思える。〈泰山木の葉を何枚も重ね合わせ〉という表現も、これからの作品世界をどのように作り上げていくか模索するイメージだ。外からの刺激をどのように受け入れるかという作品世界とは違う、新たな世界を構築しようとしている。ではどのような内面世界を表現しようとしているのか。その方向を指し示すような作品「渓流のほとりで」の最終連。

何を考える愚痴人よ
この谷間の渓流には千年の昔から

こうして肩寄せて語らい続けた
少年と少女は無数にいる
小鳥が水辺に寄るように

何を悲しむ
明日もまた沼の向うからは目の覚めるような美しい少女がバンビのように
駆けてくる

この引用部分の前に〈詩人〉と書いて〈ぐちびと〉とふりがなをふっているので〈愚痴人〉とは詩人のことだ。詩人一般を指しているというより、作者自身と考えたほうが良いようだ。恋や情念は青春の誰もが経験する出来事。成長の一過程。作者の青春は人間なら誰でもが経験する成長の過程だった。少年も少女も必ず老いていく。通り過ぎていく青春を追い求め、後ろ向きだった詩人の視線は、未来を静かに見詰める。次々と現れる少年や少女。抒情詩人堀内幸枝の面目躍如たる最終連。自身の老いを静かに受け入れ、人類の生命の連続を高らかに歌い上げ、青春の記憶を普遍化しようとする。

詩人は古里に何を見つけたか

――詩集『村のたんぽぽ』ノート

第五詩集『夢の人に』の「あとがき」で〈子供の日よく遊んだ古里の土手、その向こうに見えた太陽も、父母、弟と過ごした村暮らしの日々も、それ以後の自分の境遇の中で、たえずなつかしく思い出す〉ことをテーマとした作品を次の詩集のために収録しなかったと書き、好評の詩集『村のアルバム』に続く山村に題材をとった詩集刊行の計画を発表した。それから十五年後の一九九一年（平成三年）に堀内幸枝は七十一歳で第六詩集『村のたんぽぽ』を出版した。

収録作品は前回の詩集に意図的に収めなかった作品が含まれるので、制作時期は、四十代後半から七十一歳までの二十五年以上となる。詩人として最も活躍した時期と、作品制作時期は重なる。〈山の少女〉としてのイメージの強い詩人と古里との関係を考える上で『村のたんぽぽ』は重要な詩集だ。収録された作品を読むことで、自らの第一詩集『村のアルバム』に詩人がどれだけ影響され、規制されたかが見えてくる。

そもそも『村のアルバム』は一九五七年（昭和三十二年）の刊行だが、三好達治の叙を添えて一九七〇年（昭和四十五年）に再刊行されている。当時の日本は高度成長期を迎え生活環境が急激に変化していく時代だった。新しい生活スタイルは都会ばかりでなく、山村をも急激に変えた。ほんの数年前のことが、はるか昔の出来事のように思えてしまう時代だった。だから、十代の瑞々しい感性で山村の風景を題材とした『村のアルバム』は人々のノスタルジーを刺激した。農村を題材とした作品は決して珍しいものでは無かったが、『村のアルバム』は瑞々しく、気品があり、端正だった。作品は繰り返し、色々なアンソロジーに収録された。舞台となった市之蔵村を自分の目で確かめようと何人もの詩人が訪れたほどだ。『村のたんぽぽ』の「山峡の駅の花」の部分。

中央線で石和駅に下りた
東京の友だちよ

あちらの山を迂回した向こうが私のふるさとです
どうぞ村へは入らないで下さい
駅の鉄柵に赤く咲く
アカマンマ・コスモス・アオイなど
村の花をひとまとめにしたものです
こちらが村から続いてきた道
これが村から流れこんできた小川
山沿いの村は夕立と川瀬の音と山の花が咲いてるだけの変わりばえしない
ところです

詩人は自分の作品の舞台に、友人の詩人たちが立ち入るのを嫌った。表現として提示した村が既に失われていることを隠したかったからかもしれない。創作の秘密が暴きだされるような気がしたからかもしれない。当時の村には作品に登場する人や場所がかなり残っており、作品をもとに村を尋ね回られることは詩人にとって具合が悪かったのだろう。若き日の詩人は、駆け落ちのような形で村を逃げ出した人でもある。しかし、このような作品を書くほど『村のアルバム』の評判は良かった。〈変わりばえしないところです〉と謙遜するように表現するが、だからこそ詩集の村は読者のもつ記憶の古里に重なった。列挙している花は山梨の山村どころか、全国の山村に咲いている。ありふれているからこそ読者は感情移入が出来た。『村のたんぽぽ』の「おまえが追うのは何?」の部分。

山にはあんなに
赤い夕日がしみついて見えるのに
登っていくと
いつもからっぽ
いまのいま
悲しみは風を追い
風は枯葉を追いかけ
枯葉は夕日を追って
山を下りて行った
山はいつもこうしてからっぽ

十代から二十代そこそこの作品を集めた『村のアルバム』が好評だったことで、詩人には逃げ出したはずの村のイメージが、生涯付きまとうことになった。〈山の少女〉としてのイメージが詩人として活動するとき、定冠詞のようについて回った。それを詩人が喜んでいたかどうかは解らない。

しかし、詩人の内面には、山村を逃げだしたことで、中途半端に終わった少女期への未練のようなものが潜んでいた。成長しきれなかった少女が、繰り返し古里に戻ることを求めた。創作の原点が古里にあるとも感じていたようだ。けれど、山村にも高度成長が始まっている。中途半端なままの少女期の舞台は時代に押し流され、見る間に形を変えて行く。古里には妻としての立場も、親としての立場もない。思い出はあっても、詩人の活動する場などあるはずもない。既に詩人は村に住む人ではなく都会に住む人だった。『村のたんぽぽ』の「不意の翳」の「3　鳥」の部分。

私の屋敷には秋の終わり頃はぐれて一羽
柿の木のてっぺんに止まって残り実をつつく

小鳥がいる
子供たちがその小鳥に石を投げつけようとすると必ず「しっっ！」と
私の中で強く止めるものがある

詩人の心には好評な『村のアルバム』にいつまでも関わることへの不安と〈残り実を〉探そうとする意志との葛藤がある。石を投げる〈子供たち〉には市之蔵村を訪ねる詩人たちの姿が反映しているようにも、〈残り実をつつく〉自分自身を危ぶむ心の表現とも読める。詩人は作品で私生活をあからさまに表現することが嫌いだ。だから失われて存在しない古里と、そこに暮らす少女のイメージは題材として都合が良かった。妻や主婦としての自分を隠す設定として〈山の少女〉は使える。育ちきれない内なる少女を表現の核として利用し続けようとも考えたのではないか。『村のたんぽぽ』の「古きぶどう蔓」の部分。

おまえは今　私にそっぽを向いている
私は石ころを山の樹に　びしっと投げる
石ころははね返り

谷間の底へキーンと逃げ落ちた
私とのつながりを切りたい　切りたいと
かつて私の恋人であったちぎれ雲よ　吾亦紅よ　薄よ
おまえは今は他の者を待っている
心ふるわす他のものを

この作品で石を投げるのは〈私〉。「不意の翳」とは立場が入れ替わっている。古里を象徴するものたちが〈私とのつながりを切りたい　切りたい〉と拒絶していると表現する。しかし、石を投げるという行為は、詩人が古里を拒絶しているからではないのか。もはや詩人は少女ではない。古里の雲や草花を、成熟した女性の感性で感じるしかない。感性が少女のときと同じには機能しない。『村のアルバム』が注目される嬉しさと、現在の自分とのギャップに辟易していたのではないか。それを恋愛詩の形で表現した。詩人の内面で成長しきれなかった少女が疼いている。繰り返し古里に立ちかえることは成長しきれなかった少女をゆっくりと現在の年齢に近付ける作業でもある。だが詩人の中の少女と実年齢の差は、古里へ戻るたびに拡がった。『村のたんぽぽ』の「あの頃」の部分。

眼に浮かぶ幼な友達も　はや幼時顔から抜け出て
あらぬ男の顔に変わり
見知らぬ扉の前で　にたにた笑うおそろしさ

少女時代の親しい思い出の幼友達を見ても、長い時間の経過が幼友達を〈おそろしい〉と感じさせるほどに変えている。古里に居るはずの思い出の人々は既に存在していない。生家をみても、父親は一九七一年（昭和四十六年）に八十二歳で他界。母は一九八一年（昭和五十六年）に八十六歳で他界している。実家には弟の家族しかいない。古里に詩人の帰ることのできる家はすでにない。『村のたんぽぽ』の「母さんが死んで」の部分。

のぞくのがこわい
みるのがこわい
今年は母さんが死んで
　母さんが死んで

母が死ぬことで、詩人の中の少女は少女で在り続ける根拠を失った。帰るべき実家の喪失は古里の喪失でもある。内なる少女を創作の根源としてきた詩人が創作の根源を喪失してしまった。詩集『村のたんぽぽ』はこの作品の後「母への道」を載せて終わっている。「母への道」の部分。

母さんに続くそんな道があるようで
また　ないようで
ないとすればさあこれから私は立ち上がって
どこへ歩いていくというのだろう

山の少女と言われた詩人は六十一歳にして、古里の根拠となる母を失った。若々しい詩人の心を持ってしても、もはや娘ではいられない。いやむしろ、六十歳を過ぎても、山の少女を心の核としてきたこと自体が大変なことだった。山の少女がやっと現在の詩人の年齢と重なった。古里を出て詩人として活躍してきた人生と、古里で子供を育て死んでいった母とどれほどの違いがあるのだろう。女としての満足感、達成感とはなにか。文学活動とは何か。詩人は考える。考えてまた原点に戻る。『村のたんぽぽ』の「山は秋風」の部分。

山かげの一箇所に夕陽が強くかがやいている
あの畳　一畳ほどの日溜まりに
筵をしいて
あおむけになり空を見ている
行きつくところはそんなところで
何とたわいないところで

人生の九月

――詩集『九月の日差し』ノート

『九月の日差し』は一九九七年（平成九年）、堀内幸枝が七十七歳のときの詩集。巻頭に置かれた作品「富士桜」には〈山の花〉と副題がついている。その後半部分。

こころのありったけの思いを注いでも
決して成就してはならない恋――
そんな意をふくんだ富士桜は
十八のわたしの涙を連れていった
桜は花弁をとどめない

少女も

かつて泣きつつ歩いたこの道
私が歩かねば
今は知る人もない

富士桜とは地味で小柄な、富士山周辺の山に咲く桜。この作品の舞台を古里の市之蔵村と考えるのが自然だ。しかし『堀内幸枝全詩集』の「年譜」を見ると〈山の少女〉と言われる詩人が詩を書き始めた頃の暮らしは、かならずしも市之蔵村ではない。十三歳のとき、県立山梨高等女学校に入学したことから生活が変わる。随筆『市之蔵村』の「太陽」の部分。

たった一人、三里も先の町へ下ろされ、町の女学校へ入れられたのだ。町の女学校へ四年通った間に、四年ふるさとと異なる町を見ききしてきたことになる。町の友人に接し、町の話を聞き込み、いつの間にか私の心には、村人や家族との考えの間にちょっぴり空間が出来る。

毎朝、家からタクシーに乗って女学校に行き、タクシーで家に帰る生活。活動できる昼間は女学校にいて、市之蔵村は夕食時に帰る場所になった。この四年間に続いて、十七歳で麹町の大妻専門学校に入学し、寄宿舎生活が始まる。「年譜」には十八歳のときの記述は一行もないが、十九歳で市之蔵村に帰ったことが記されている。十八歳のときは麹町の寄宿舎生活だったと考えられる。村の外に暮らし、帰省のときなど、都会暮らしの視線で生まれ故郷を観察する機会が多かっただろう。市之蔵村に生まれ育った者としての一体感と、都会生活に馴染んだ者としての距離感。都会の感覚を持った山村の裕福な家庭のお嬢さん。それが、十代の詩人の生活感覚だったようだ。

だとすれば上記の作品、古里に帰省したときの思い出なのだろうか。このころの詩人は麹町での生活が長かった。〈かつて泣きつつ歩いたこの道〉が市之蔵の道であるとも言い切れない。地味な〈富士桜〉のイメージで寄宿舎時代の淡い〈成就してはならない恋〉の記憶を表現したと考えるのなら、短い帰省での思い出であるよりも、寄宿舎生活の中での淡い恋心と考えるほうが自然ではないか。〈この道〉は麹町の道であるのかもしれない。

副題の〈山の花〉とは十八歳の詩人自身の喩であって、作品の舞台を意味しているわけではない。

〈山の少女〉という先入観で読者は作品を市之蔵村に重ねがちなのだが、堀内幸枝はことさら市之蔵村を強調しているわけではない。作品の舞台として〈この渓谷〉や〈山の向こう〉や〈谷間〉を使っているだけだ。抒情性のある場面設定としての山村のイメージだ。

詩人の都会暮らしはさらに続く。二十二歳で結婚し、九月に上京している。二十四歳で疎開のため市之蔵村へもどったが、終戦で夫が復員し、二十六歳でまた上京。それから半世紀もの都会暮らし。作品は山村の思い出だけではない。「富士桜」の次に置かれた「ソメイヨシノ――都会の花」の部分。

明日はあの女性の箱を
あの木の下に埋めようと
顔を見合わせてささやき合う
病菌に弱い
桜の根の細胞は

腐植土や犬猫の屍体より
女性の怨恨や恋文にふくまれた情念を
好んで吸い上げるという
埋める木が定まると相槌のように
キラリン　キラリン
闇夜の中を
金貨とまごう花びらが落ちてくる

梶井基次郎の作品を思い出すような作品の設定。真夜中のソメイヨシノは、今、保谷に住んでいる詩人の部屋から見える景色とも重なる。『九月の日差し』には詩人の住居や軽井沢の別荘付近から題材を探したと思われる作品が目につく。この作品もその中の一つ。〈女性の箱〉とは何だろう。文脈からすると女性の〈怨恨〉や〈恋文〉が入っている箱と暗示している。

だが、引用した文とは違うところに散見する箱の表現を読むと〈等身大の透明な箱〉〈開けて見ようとしても／実は蓋もなく〉〈のぞいても／何が入っているか分からない〉〈軽そうにみえ〉〈実は重そうで〉と作者自身〈これはなんとも雲のような／霧のような霞のような話〉と、ただイメージを喚起させる言葉だけの説明をしている。これは作品を書いた時点の作者が持つ〈情念〉に関する概念を表現したものなのだろう。つかみどころが無くて、浮いた話と言うことも出来るし、人生の重大な出来事と言うこともできる恋愛。そのときの身もだえするような感情である〈情念〉。時がたてば雲や霧や霞のようにも消えてしまう。作者はそんな時点を生きている。

引用の箇所で、そのような〈情念〉を木の下に埋めようとすると落ちてくる〈花びら〉。〈情念〉を吸った結果として咲いた花ではなく、吸おうとしたときに〈相槌のように〉落ちてくる〈花びら〉。これはソメイヨシノの〈花びら〉ではない。〈情念〉の花びらでもない。〈キラリン　キラリン／闇夜の中を／金貨とまごう花びらが落ちてくる〉。なぜ柔らかいイメージの花びらを硬質な金貨に喩えるのだろう。詩人の個性は花びらの質感を無視し、観念を先行させる。詩作品の創作にかかわる喩だからなのだ。〈花びら〉に重点があるのではなく〈金貨〉のイメージに重点がある。創作のインスピレーションとか、技術とか、そういったものを作者は〈花びらが落ちてくる〉イメージで表現している。〈情念〉ではなく、その活用方法を模索するときを見詰めている。〈キラリン〉という硬質なイメージの使い方に、幼い頃の記憶が隠れているのではないか。
随筆『市之蔵村』の「青き葡萄」には詩人と俳句のつながりが書かれている。〈私の家で月に一度、俳句会が催されることであった。不思議ではない。この山脈の裾を伝って一時間半ばかり歩いたところに、俳句雑誌「雲母」の結社があったからである。母は「俳句、苦になるばかになる」と口癖のようにいって、句会の人々に気持ちよく対応しなかったので、父は長女である私にお茶運びをさせた。私は夜あけまでつづく句会に、お結びを運び、お茶を運んだ。（中略）父の座机の上には、山間僻地には不似合いな「雲母」や、中村草田男、荻原井泉水の句集が積まれていたが、父は農耕に追われて読む時間を持たない。絵本も童話もない山国の子の私の方が、俳句雑誌を童話がわりにいじっていた。八歳で小学校へ上がったときは、受け持ちの石原右門先生も「雲母」の同人で、作文の時間は、作文より俳句が多く課せられた。〉
〈キラリン〉とは「雲母」の読みのキララから思いついた擬態語ではないだろうか。詩作品に女の情念を込めようとしたとき、キラリンキラリンと黄金に輝きだすのは、幼い日の句会の思い出。幼い頃に句会に集まった大人たちと背伸びして交わった文芸活動。父の趣味の継続。詩の創作は、市之蔵村の幼い記憶を思い出すことでもあった。詩人は桜の花びらを写実ではなく、思い出を込めた象徴として表現した。
また〈山の花〉〈都会の花〉どちらの作品にも罪悪感が潜んでいる。〈山の花〉では〈決して成就してはならない恋〉として、社会規範から逸脱してしまうのではないかという不安。〈都会の花〉では〈等身大の透明な箱がつきまとう〉と表現を阻害する定義できないものの存在。幼児期に経験した母親の句会への嫌悪が影を落としているのではないか。〈俳句、苦になるばかになる〉といって句会に非協力的だった母。実生活に重心を置く山村暮らし。文学など道楽に過ぎないという山村の偏見。それらすべてが詩人の感受性の中に、母の姿として残っていたためではないか。この詩集には母の情念を追求しようと試みた作品群がある。中でも印象的な「アマリリス」の部分。

母さん
私と手をつないで行った彼処《あそこ》はどこ
あの沼のほとりは
幼かった日の記憶はうすぼんやりだけど
あの日の男の人はだれ

赤いアマリリスをくれた人は
子供の日を思い出しても
母はその日　たしかにアマリリスの花を
手にしていた
〈限りなく愛してほしい〉の花言葉

母がわざわざ子供を連れて会いに行った男。詩人は母の恋心を幼いなりに感じ取っていた。だが、娘として、母の浮気心の追求など楽しいはずもない。そもそも個人的な出来事を直接表現することの嫌いな詩人、母の情念追求を断念してしまう。

それは、女の情念を追求し続ける意欲が以前ほど強くなかったからでもある。実生活と文学活動との相克は避けて通れないものでは、もはやなかった。山村を逃げ出し、都会生活をして、家事や子育てが文学活動の邪魔になった時代は遠い。

『九月の日差し』には文学活動を阻害する生活がない。女性としての育児も子育ても一段落した生活。だからこそ自分の幼児期にまでさかのぼり、母を一人の女として見つめなおそうとした。詩人としての半生が、祖父や父母の生き方の影響なくして存在しえない事実を確かめた。そして、ゆったりと自分の生活を楽しむ。表題作「九月の日差し(二)」の前半。

九月一日から七日の一週間でそれは消える
今年も一日《ついたち》の朝戸をあけると
まさしく壁に細長く帯状に差込んでいた
ボンボンベッドに寝そべって
私は毎年　人にも会わず
この日差しと向き合う
春　夏　冬　の季節　季節に変化する日差しに比べて
この七日間の日光は　急に弱く
部屋に射す　庭にしみる　植木の下枝にゆらぐ　たぐいまれな日の色
その日差しは熱を帯びず
カンナの花のようで色素もない
それでいて沈黙の内に沈みきって疲れた心に語りかけるような
ひそかなささやきを残す

感情を醸造した日の色

しっかりと張りのある文体。一読、若々しい力を感じるが、七十代の詩人の日常風景だ。これまでの詩集なら〈カンナ〉は真紅に咲く女の情念の象徴だった。しかし〈日差し〉は〈たぐいまれな〉色をしていても〈熱を帯びず〉〈カンナの花のようで〉とカンナそのものではなく、うすぼんやりとした表現。さらに花には〈色素もない〉。静かで落ち着いた老後の暮らし。一年間で一週間だけの日差しを取り上げる繊細さ。コンクリートの部屋に住んでいても、詩人は山村の日差しを描いているような、土の温もりのする空間を表現する。

文学活動を続けることは、自分の居場所を探すことだったのではないか。学ぶために離れた場所。結婚生活を続けるために離れなければならなかった場所。それが市之蔵村。自分であり続けるために必要だった場所。実在したかどうかは問題外。堀内幸枝の作品に蜃気楼のように浮かぶ村。コンクリートで囲まれた部屋に、九月の日差しが届けば、そこに市之蔵村がひろがる。

二、詩誌「葡萄」

個人詩誌「葡萄」の装丁

一九五四年十月発行の一号から十二月発行の二号まで。B6判。

一九五五年二月発行の三号から十月発行の六号まで。A5判。毎号、パウル・クレーやベン・シャーンなどの絵を入れ替えて作る。

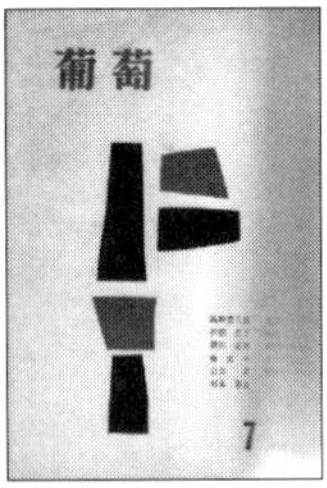

一九五五年十二月発行の七号から一九五六年十一月発行の一〇号まで。伊達得夫の装丁。毎号色を変えて使う。A5判

一九五七年三月発行の一一号から一九五七年十一月発行の一三号まで。伊達得夫の装丁。毎号色を変えて使う。A5判。

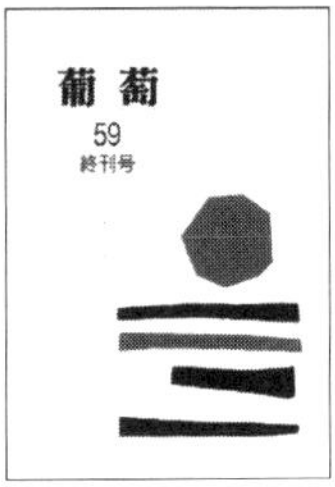

一九五八年四月発行の一四号から二〇一五年十二月の五九号終刊号まで。伊達得夫の装丁。毎号色を変えて使う。A5判。

〈自分は同人雑誌に参加すると筆が凋むと伊達氏に相談すると「すごくかわいい、小冊子を作りませんか」とポケットから出した小さな鋏で切り抜いた色紙細工の装丁〉と『堀内幸枝全詩集』の年譜にある。

僕にとっての「葡萄」の編集

甲田四郎に勧められ堀内幸枝の個人詩誌「葡萄」の編集を手伝うようになったのは二〇〇六年七月発行の第五三号からだ。当時、堀内は詩誌「暴徒」を知っていたが、そこを退会したばかりの僕の氏名までは記憶していなかった。僕にしても「葡萄」や堀内幸枝の名は知っていたが、それ以上のものではなかった。詩に関する履歴書のようなものを見たいと言うので、作成し送った。「詩学」と「詩と思想」で詩誌合評を各一年間したこと、詩集と歌集があることなど、書類選考はパスしたようだった。保谷の堀内宅へも行った。事実上の面接なのだが、顔合わせくらいの意識で出かけた。住所の保谷はホヤではなくホウヤと読むことをバスのアナウンスで知った。到着に一時間半から二時間弱はかかる。何を話したか忘れてしまったが、窓の外には桜の木の梢が見え、部屋の真上の四階の部屋には当時、お孫さん夫婦が住んでいた。部屋の隅には洋酒を飲むカウンターがあり、ご主人がご存命のころに使っていたらしい。「そのカウンターには幽霊が出るのよ」とこともなげに言う。誰の幽霊なのだろう。長いこと使われていない乾いた空間だった。編集の手伝いを往復の時間をかけて堀内宅でするよりは、パソコンが使える自宅ですることにした。

編集にかかわる文書を堀内から郵送してもらい、手直しして使った。細かな指示は電話で受け、作業が終わるたびに、作業の資料をコピーし、了解を取った。堀内からの指示は短く、繰り返し念押しするので、メモしやすかった。一時間前後かかる電話の大半は、現代詩の現状に対する感想や、詩人たちとの交流の思い出など、「四季」の流れをくむ堀内の雑談。しかし、自身のプライベートな生活や家族についての話題は一切しなかった。

抒情こそが詩の本流だとする考え方。レトリックは技法として利用するもので、目的ではないと言う。政治的表現や詩人には極力近づかない。それが「葡萄」の執筆者を選ぶ基準になっている。政治的なテーマを作品化する詩人を推薦しても、実力は認めるものの、原稿依頼には同意しなかった。戦中から創作活動を始めた堀内は、戦後の価値観の逆転を経験している。二度と巻き込まれたくないとの思いからだろう。所属する詩人の集団としては日本現代詩人会を中心に考えている。

編集の方法を堀内から学ぼうと手伝いを始めたが、電話で何度も詩について会話しているうちに、言葉ではまとめにくい、創作活動への姿勢とか意識、認識というような曖昧だが重要なものを、いつのまにか教えられていることに気付いた。九十歳を過ぎても現役で活動する人生の先輩としての知識と経験と意欲に接した。いただいた全詩集を読むと、成熟していく女性の歴史がある。編集の手順には人柄が出る。手伝うことで、堀内幸枝を〈先生〉と素直に呼ぶ自分がいた。

（敬称略）

「葡萄」編集あれこれ

「葡萄」のことについて書き始めると、先輩や先生にあたる人たちばかりで、敬称をどうするか迷い、何も書けなくなってしまう。今回は敬称を省略して書かせていただく。

堀内幸枝の個人詩誌「葡萄」の編集を手伝うようになったのは平成十八年七月発行の「葡萄」五三号からだ。「詩学」や「詩と思想」で詩誌月評の担当をしたことがあるので「葡萄」の存在は知っていた。しかし、編集の手伝いをすることになるとは考えてもいなかった。堀内のサロンに桜井雅子を通じて詩誌「暴徒」の同人全員が誘われたことも数回あったが、その一員として参加したことはなかった。

しかし、平成十七年十二月に「編集の手伝いをしてみないか」と甲田四郎から電話。仕事を退職し、時間的な余裕があることを「暴徒」の青山かつ子から聞いたらしい。編集を手伝うことで金銭的な心配なしに作品を発表できることは、年金の受給開始がまだ数年先の当時としては魅力だった。しかも「暴徒」を退会した後だったのでタイミングも良かった。

編集を手伝うことにしたが、堀内宅までは電車とバスを乗り継いで一時間以上の距離がある。手紙や電話で指示を受け、作業は自宅で行うことにした。このとき、堀内にはそれまでとは違う方法で「葡萄」を作ってみようとする意思があり、印刷所もかえたいと言う。「暴徒」の印刷を頼んでいた七月堂を推薦した。製本も針金綴じで中綴じだったのを平綴じとし、表紙はクリーム色を使った。好評だったが、昭和三十年の七号以来使い続けている伊達得夫の図柄の発色が悪くなる可能性があるので、五四号以降は白の表紙に戻した。同じ図柄を使ってはいるが、表紙が単調にならないよう、毎号色彩部分を工夫しているからだ。伊達得夫の装幀に対する堀内のこだわりは、保持し続けることではなく、積極的な活用に特色がある。

五三号の杉山平一「しづかな雨の音に」の校正で〈鳴り出いた〉の表記に疑問を感じた。直接著者に確かめたかったが、雲の上のような人なのでそれもできず、著者校正のときに鉛筆でサイドラインを引き送った。しかし、訂正されずに戻ってきたので、そのまま掲載させていただいた。発行後、堀内に杉山から「〈鳴り出した〉と訂正されると思っていたが、よくぞ訂正しなかった」とお褒めの電話があった。杉山から編集の手伝い方を試験されていたのだ。

五五号で堀内や鈴木の読書で印象に残った作品を紹介する「窓辺の読書」の欄を堀内は企画した。石村柳三の「母」と堀内幸枝「紅い花」に対する大東文化大学三年生の感想文を載せた。

編集で執筆者と直接電話で話す機会はあまりないのだが、五六号では岸田衿子とのやり取りが記憶に残っている。最初、岸田を何と呼んでよいかわからなかったので「先生」と呼んだ。すると「あなたに先生呼ばわりされるいわれはない」ときつく叱られてしまった。先生と言って叱られなくなったのは、それからずっと後になってからのことだ。また、迎えの車で帰宅途中の岸田との電話中、不自然に切れてしまったことがある。しばらくして繋がったので「今、箱根の入り口のトンネルを通ったのですか」と聞くと、また電話が切れてしまい、その日の連絡は中断されたまま終わった。たぶん車の走っている場所を特定されて慌てたのだろう。電話のほとんどは原稿締め切りの日の確認だったが、外出中で妻が応対したときがある。小学校で岸田の絵本『かばくん』の読み聞かせをしたときの話をすると、子供の反応をとても興味を持って聞いてきたそうだ。絵本を書いても子供にどう受け取られているか、確かめる機会はほとんどないとのことだった。

五七号では都築益世の「湖水の魚」を「窓辺の読書」の欄に掲載させていただいた。都築秀子から許可を得るために昭和三十六年発行のポプラ社『新日本少年少女文学全集㊵』掲載作品のコピーを送ったところ、草原社の昭和五十三年八月三十日発行の作品と微妙に違うと指摘された。「葡萄」ではポプラ社掲載の作品をインパクトが強いと判断し、使わせていただいた。この号では詩に関する短いエッセイを葡萄の蔓で囲んだ「葡萄棚の風」という欄を作った。また、『堀内幸枝全詩集』の出版記念会の概要を菊田守が写真入りで書いている。「葡萄」の活動を温かく好意的に見守ってくれているのが菊田守だ。

五八号ではベテランばかりではなく「窓辺の読書」で新人の新井啓子の「小春日和」を紹介した。

編集での思い出のあれこれ。しかし、今は最終となる五九号発行のための作業の最中だ。

「葡萄」終刊をめぐって

堀内幸枝の個人詩誌「葡萄」は五九号をもって終刊した。終刊当時は、あと一号で六〇号となり、六〇号までは頑張るべきではなかったかと、何人もの詩人からお手紙をいただいた。しかし「葡萄」五九号は個人詩誌としての形を保ったまま終わることを目的としていた。

号数ではなく、堀内の美意識の問題だった。「葡萄」は詩人堀内幸枝の創作活動を総合的に表現した作品。鈴木は編集の手足となっていたに過ぎない。創刊から終刊まで、すべて、堀内幸枝の考えと意思によって作られていた。

五八号の刊行が二〇一一年七月。次の五九号終刊が二〇一五年十二月。四年も間が空いている。この間、鈴木は堀内から編集の指示が出るのを待っていた。もっと正確に言えば、これまで刊行してきた「葡萄」をどのような形で、保存していくか、記録として残していくか、試行錯誤する堀内の手伝いをしていた。

指示で国立国会図書館に「葡萄」のバックナンバーを確認に行き、二四号が保管されていないことに気付く。電話で堀内に報告すると、二四号は欠番との答えが返ってきた。原稿を集め編集の作業を進めているとき、堀内は大病を患い長い期間、思うように創作活動ができない闘病生活を送った。完治したものの、縁起が悪いので、二四号は欠番とし、集まっていた原稿は二五号に収録、刊行した。だから二四号は堀内宅にさえ存在しない。

駒場の近代文学館には「葡萄」刊行のたび、送っていたはずだが、堀内と近代文学館との電話でのやりとりの中で、欠番のあることが分かったので、一一号から五八号までを改めて寄贈した。当日は堀内の身辺で原稿の清書や資料の管理などを手伝っている田島恵美子に「葡萄」を三鷹駅まで持ってきていただき、鈴木が直接、近代文学館に届けた。郵送ではなく直接手渡し、受け取り票を貰ってくることを、強く堀内が望んだからだ。

ただし、前記の通り二四号は最初から欠番。二九号は堀内宅にも予備がないので、コピーを持って行った。一号から一〇号は堀内宅にも一冊もしくは数冊ずつしか残っていないので寄贈することができなかった。そのため最終号には古い「葡萄」を探している由の広告を出した。

九十歳を超えた堀内が、五八号を刊行した頃から、終刊をほのめかすような言葉を口にするようになった。しかし、ライフワークとも言うべき「葡萄」を終わらせることは、詩人の目標喪失につながるような気がし、健康にも影響が出る危険があるので、気長に続けることを提案していた。

しかし国立国会図書館や近代文学館とのやりとりの中で、「葡萄」に明確な区切りをつけてはどうかとの、提案を何度も受けた堀内は、元気なうちに終刊号を出すことに意思を固めた。

暫くして、二〇一五年五月に最終号の詩や評論やエッセイの原稿依頼のための名簿が鈴木のところに送られてきた。いつもの通り手順が一段落するたびに、報告したが、最終号は鈴木に任せるとのことで、ほとんど細かな指示はなかった。それで、今までの編集を基本としつつ、作業しやすいように工夫しながら進めた。例えば原稿依頼状は、堀内の手書き文書をコピーしながら使っていたが、ワープロでプリントアウトしたものを使ったりした。

最終号なので、堀内幸枝特集をイメージしていた。特に指定したわけではないが、詩人たちからも最終号を意識した作品を寄稿していただいたので、作業はしやすかった。堀内自身の編集なら、堀内の作品を巻頭に持ってくるようなことはしないのだが、渋る堀内を説得し、鈴木の考えで、あえて、巻頭に置き、他の作品はアイウエオ順に並べた。

「葡萄」の執筆者には堀内の実家が経営している「日川中央葡萄酒株式会社」の赤と白の葡萄酒を原稿料の代わりに送っていたが、五五号あたりから白葡萄酒二本にかえた。しかし、発送を受け持っていただいていた堀内の弟、堀内優さんが会社から離れてしまったため、葡萄酒を以前のように送りづらくなってしまった。終刊号では、現金か図書カードにすることも堀内と話し合ったが、作品の価値を金額で示してしまうようなことを避け、今まで通り、物でお礼の気持ちを表すべきではないかと、いうことになった。といっても、葡萄酒に見合う適当な品物が見当たらず、やむなく、山梨県にゆかりのものとして、鈴木の住んでいる八王子に、武田家滅亡のときに、逃げてきて住みついた松姫を商標にした菓子があったので、それを送ることにした。葡萄酒を期待していた執筆者には期待外れだったと思う。送りたかったが送れなかったというところが本音だ。「葡萄」の刊行を陰で支えていた人や環境がいつの間にか変わってしまったのだ。

＊

創刊一九五四年。一九五五年から「葡萄」は伊達得夫の装幀を終刊号まで使い続けた。色彩部分の色をかえることで前号との違いを表現しながらも、図柄にはいっさい手を加えなかった。装幀は堀内の「葡萄」に対する自負の象徴だった。

鈴木が初めて編集を手伝った五三号はそれまで白だった表紙の紙をクリーム色にかえ、図柄には黄緑を使い、かなり好評だった。だが、表紙のクリーム色は図柄の色を濁らせる可能性があると堀内に言った途端、影響が出るなら、次回から白に戻そうという強い指示がもどってきた。堀内が一人で編集していた四〇号あたりの「葡萄」でも表紙にかすかにクリームがかった紙を使用していたはずなのだが、伊達得夫のデザインは絶対に守り通さなければならない宝だった。

「葡萄」は昭森社の森谷均さんの二階の狭い部屋の中から出発した。この狭く急な階段を上った部屋は戦後の詩人たちのサークルになっていた。後に現代詩を代表する詩人たちの交流の場だった。ユリイカも思潮社も「列島」も「現代詩」もこの板の間の狭い部屋から出発している。堀内もその戦後詩の黎明期に詩人たちと行動を共にしていた。「葡萄」の始まりは戦後詩の出発点と重なっている。

『堀内幸枝全詩集』の「年譜」を見ると一九五四年、堀内三十四歳のとき。詩集『紫の時間』を刊行した記述に続き〈自分は同人雑誌に参加すると筆が凋むと伊達氏に相談すると「すごくかわいい、小冊子を作りませんか」とポケットから出した小さな鋏で切り抜いた色紙細工の装丁〉とある。

「葡萄」は伊達得夫の色紙切り絵の装幀を大切にした。発行の目的は堀内の創作姿勢を損なうことなく展開させていくための拠点づくりだった。鈴木が編集を手伝い始めた頃、何人もの詩人から同人に入れてほしいと頼まれたが、同人誌ではなく、堀内幸枝の個人詩誌であり、掲載作品は総て、堀内の執筆依頼による寄稿であること。装幀も作品も編集も堀内の表現活動の一部。堀内の判断と個性で成り立っていることを説明した。

だから、体調など堀内の個人的な条件が大きく影響する。二四号を欠番としたのもその現れだ。途中、何度も刊行が途絶えた時期がある。一年に二回か三回の刊行を目指していたはずだが、刊行から終刊まで六十一年で五十九冊。定期的であろうとしたが、必ずしも定期的とは言えない。ムラがある。

五一号までは堀内個人で総て編集してきた。しかし、八十三歳の二〇〇三年に体力の衰えを補うため、五二号の編集は指示を出すだけにとどめ、実際の作業は印刷所に任せた。しかし、指示に含まれているはずの細かな部分が、思い通りにはいかなかったらしい。印刷製本のプロではなく、詩を書く者なら堀内の詩に対する思いをよりスムーズに実現できるのではないかと考えるようになった。

＊

編集を手伝うことができる時間と体力があり、詩を書いている者を、堀内は探し始め、まわりまわって、鈴木が甲田四郎から電話をいただくこととなった。二〇〇五年十二月のことだ。退職して約一年後だったが、堀内の条件は一応満たしていた。当時の鈴木は、自分自身の存在価値が希薄で実感できず、作品を発表するための経済的な余裕もなくなっていた。要望通りに手助けできるのか不安だったが、引き受けさせていただいた。

堀内は八十五歳。体力の衰えを補助する単純作業のはずが、頭脳明晰で、編集の段階ごとに出す報告に、とても細かな部分まで、指示がかえってきた。手伝いの話が来た頃、お礼がもらえるような話も堀内からあったが、断り、作品を載せていただくことだけにしておいて良かったと、何度も思った。おだてられながら、何とか続けることができた。手伝うことで鈴木は詩誌の作り方を教えていただいた。詩人としての考え方や姿勢を学ばせていただいた。

「葡萄」と田中冬二と関係が深いことを知り五五号では田中冬二の評論を書き、長さを考えずに載せた。七月堂から請求書が堀内のところに届き、早速、ページ数を考えないことを怒られてしまった。しかし、この田中冬二の評論を菊田守のサークルで取り上げていただいたので、評判が上がり、ほとんど在庫がなくなってしまった。おかげで堀内の機嫌も治り、それ以後ページ数を気にせずに書かせていただけた。

堀内幸枝略歴

大正　九年（一九二〇年）九月六日、山梨県東八代郡御代咲村市之蔵（一宮町市之蔵）に、父堀内逸栄、母ひさじの長女として誕生。

昭和　二年（一九二七年）七歳。村立御代咲小学校入学。

四年（一九二九年）九歳。父逸栄によって飯田蛇笏主宰の「雲母」市之蔵支部会が自宅で開かれ、文学へ興味を持つ。

八年（一九三三年）一三歳。三倍の競争率の入学試験を受け、山梨県立山梨高等女学校入学。三里の道をタクシー通学。田中冬二の詩集『青い夜道』に触発され、詩を書き始める。小説好きの祖父から泉鏡花、高山樗牛の話を聞き、ロマン系の文学に興味を持つ。

一一年（一九三六年）一六歳。いつも「四季」を持ち歩き、国語の先生に呼び出され、詰問される。

一二年（一九三七年）一七歳。盧溝橋事件。日中戦争が始まる。大妻専門学校（大妻女子大）に入学。麹町三番町の寄宿舎に入る。

一四年（一九三九年）一九歳。大妻専門学校を卒業。市之蔵に帰る。詩誌「四季」に投稿を始める。編集部の日塔聰から手紙をもらう。「中部文学」に参加。石原文雄、一瀬稔、熊王徳平、NHK甲府放送局勤務で「コギト」同人の船越章らを知る。「村のアルバム」を船越章が神保光太郎にみせ、「コギト」や「文芸汎論」への掲載を依頼。

一六年（一九四一年）二一歳。太平洋戦争始まる。

一七年（一九四二年）二二歳。東八代郡英村（石和町）の千葉幸男と結婚。三ヶ月で婚家を出て上京。池袋に住む。「まほろば」の同人となる。祖父堀内伝吉逝去。

一八年（一九四三年）二三歳。長女典子誕生。

一九年（一九四四年）二四歳。夫が出征。九月に帰国。子供を連れて市之蔵に疎開。「まほろば」は用紙不足で終刊。

二〇年（一九四五年）二五歳。夫が五月に再度出征。一五歳から二〇歳までの作品をまとめ詩集『村のアルバム』の原型を作る。夫は終戦で復員。

二一年（一九四六年）二六歳。日暮里の同潤会鶯谷アパートに住む。

二二年（一九四七年）二七歳。次女光子誕生。

二三年（一九四八年）二八歳。淀橋区柏木二ノ四四六（新宿区北新宿二―一一―一六）に住む。

近くに住む深尾須磨子と親しくなる。祖母逝去。

二五年（一九五〇年）三〇歳。電車の中で偶然、船越章に出会う。その足で、北園克衛や岩本修蔵を訪れる。

二七年（一九五二年）三二歳。岩本修蔵の「パンポエジー」入会。この頃、中村千尾、三井ふたばこ、高野喜久雄、藤富保男、秋谷豊と面識を持つ。

二九年（一九五四年）三四歳。伊達得夫と意気投合。第一詩集『紫の時間』ユリイカから出版。装丁は伊達得夫。詩誌「葡萄」創刊。「近代詩猟」に毎号詩を発表。

三〇年（一九五五年）三五歳。詩誌「葡萄」七号。十二月発行。伊達得夫の切り抜いた色紙細工の装丁になる。

三一年（一九五六年）三六歳。第二詩集『不思議な時計』ユリイカから出版。跋文は大岡信。H氏賞候補になる。日本現代詩人会入会。詩と音楽「蜂の会」入会。『経済白書』が〈もはや戦後ではない〉と書いた。

三二年（一九五七年）三七歳。第三詩集『村のアルバム』的場書房から出版。三好達治、神保光太郎、田中冬二らから称賛される。

三七年（一九六二年）四二歳。日本音楽著作権協会入会。急性胆嚢炎で入院。

三九年（一九六四年）四四歳。第四詩集『夕焼が落ちてこようと』を昭森社より出版。深尾須磨子宅で四家文子と出会い、「波の会」に入会。中河與一宅で田中克己に会う。内山登美子と村野四郎宅を訪ねる。

四三年（一九六八年）四八歳。田中冬二宅を訪ねる。第四次「四季の会」入会。杉山平一に会う。

四五年（一九七〇年）五〇歳。詩集『村のアルバム』冬至書房から再刊。序文は三好達治。日本ペンクラブ会員になる。小川和佑、堀多恵子との交流が始まる。日本歯科大学ホールで「堀内幸枝詩曲の夕べ」開催。作曲は塚谷晃弘。

四六年（一九七一年）五一歳。父堀内逸栄逝去。堀内幸枝作詞、中田喜直作曲「サルビア」他八曲が芸術祭優秀賞受賞。

四九年（一九七四年）五四歳。嵯峨信之、安西均、磯村英樹、江森國友と市之蔵村を訪ねる。

五〇年（一九七五年）五五歳。第五詩集『夢の人に』無限社から出版。跋文は嶋岡晨。「山梨県人会」と「地球の会」で市之蔵村を訪ねる。

五一年（一九七六年）五六歳。家の立て替えのためハイネス大久保に引っ越し。日本文藝家協会入会。

五六年（一九八一年）六一歳。母ひさじ逝去。田中冬二研究の会を始める。

五七年（一九八二年）六二歳。山人会入会。山人会の作文審査委員。特別講座の講師。

六〇年（一九八五年）六五歳。随筆『市之蔵村』文京書房から出版。全国学校図書館協議会選

定図書・日本図書館協会指定図書となる。アメリカ・カーネギーホールで「日本の抒情歌」。ニューヨークタイムズに批評が載る。

六一年（一九八六年）六六歳。新川和江編『女たちの名詩集』に収録される。

六二年（一九八七年）六七歳。保谷市本町五―四　保谷パークハウスB三一六に転居。「新・波の会」日本歌曲コンクール入賞。

六三年（一九八八年）六八歳。「新・波の会」副会長を受ける。

平成　元年（一九八九年）六九歳。日本現代詩文庫35『堀内幸枝詩集』を土曜美術社より出版。

三年（一九九一年）七一歳。第六詩集『村のたんぽぽ』三茶書房から出版。山人会文学賞審査委員。

五年（一九九三年）七三歳。山梨県石和図書館で詩の朗読会開催。

八年（一九九六年）七六歳。山梨県一宮の一宮浅間神社境内に詩碑が建つ。

九年（一九九七年）七七歳。堀内幸枝歌曲の会「桃の花会」を石和町上平井アンサンブルで開催。この後一〇年間続く。第七詩集『九月の日差し』出版。

一一年（一九九九年）七九歳。日本現代詩人会から先達詩人として顕彰される。

一八年（二〇〇六年）八六歳。夫千葉幸男逝去。「葡萄」五三号発行。この号から鈴木正樹が編集を手伝う。

二〇年（二〇〇八年）八八歳。日本歌曲コンクール夏のコンサートで「蕎麦の花」が歌われる。

二一年（二〇〇九年）八九歳。『堀内幸枝全詩集』を沖積社から出版。

二四年（二〇一二年）九二歳。日本現代詩人会名誉会員。日本文藝家協会名誉会員。山梨県詩人会が「詩人・堀内幸枝のふるさとで開く『山梨の詩』」で日本現代詩人会元会長菊田守の講演「土橋治重と堀内幸枝の詩の世界」と詩の朗読やコーラスを開催。

二五年（二〇一三年）九三歳。第一二回国民文化祭「現代詩の祭典」で「堀内幸枝の詩の世界にあそぶ」のテーマで鈴木正樹講演「詩集でたどる詩人の半生」。コーラスや「生家と詩碑巡り」などが行われた。

二七年（二〇一五年）九五歳。詩誌「葡萄」五九号で終刊。

令和　二年（二〇二〇年）一〇〇歳。九月に百歳の誕生日を迎えた。

あとがき

　戦後の混乱が終わり、高度成長が始まろうとする時代、農村や山村を表現する詩人は少なくはなかった。しかし、堀内の『村のアルバム』は若い感受性とみずみずしさで群を抜いていた。なにより表現の技術が洗練されている。反響は大きかった。この詩集以後、堀内幸枝と言えば「山の少女」というイメージがついて回るようになった。だが、本当は都会の詩人なのだ。彼女の作品をたどっていくと、敗戦という価値観の逆転を、抒情詩人がどのように受け止め、どのように乗り越えていったのか見ることが出来る。堀内幸枝はローカルな詩人ではなく、戦後詩の流れの中に活動していた。いまだに、抒情詩と聞くと反発を感じたり、一段低く見る詩人がいないわけではないが、抒情こそ詩の本道なのだ。堀内幸枝は今後、いろいろな形で取り上げられてしかるべき詩人のひとりだ。引用の作品や文は、土曜美術社・日本現代詩文庫35『堀内幸枝詩集』を利用。『村のたんぽぽ』以後は沖積社の『堀内幸枝全詩集』を利用させていただいた。堀内幸枝の個人詩誌「葡萄」の編集を手伝いながら書きためた詩集の評論を、詩集が出版された順に並べ、堀内幸枝の人生をたどろうとした。あくまでも詩作品から見える堀内幸枝だ。しかし、堀内には歌曲の作詞家という一面もあり、この方面での足跡は僕の守備範囲ではないので追うことが出来なかった。また、田中冬二との関わりや影響についても触れていない。堀内幸枝の全体像は本書で論じた分野の外にも広がっている。堀内幸枝は今年の九月で百歳の誕生日を迎える。本書がこれまでのイメージを越え、堀内幸枝を多角的に論じていく契機となることを願う。

令和二年八月

鈴木正樹

感謝とお祝い

私は物心ついてから、母に髪をといてもらったことがありません。母はいつも忙しく、私の心までみつめてくれる暇はありませんでした。どうしてだったのか、それがわかってきたのは、人生の半ばを過ぎた頃でした。その間、母は何度か大病を患いましたが、私が一番心に残っているのは、四十代はじめの頃の胆嚢炎でした。手術をしないで治すには、すべてのものを離れて、心穏やかにしているようにという医者の言葉に、何年間か、あの大好きな、そしていつも心乱されていた詩から離れ、友人に電話することもなく、まるで仙人のように静かな日々を過ごしていました。すると、予言通り、胆嚢炎は治まってしまいました。

私はその不思議な現象とともに、母を苦しめてきた二つのことに気づきはじめました。一つは、戦後まもなく、母のおかれていた詩の世界での立場と、二つめは、戦後女性が得た新たな恋愛観でした。それらに悩み、呻吟していたようでした。

戦後女性が解放され、恋愛への自由が保障されたけれど、娘時代を戦前生きた母は、それを罪の意識とみたのかもしれません。また、戦前の四季派から出た母は、戦後の詩壇の中で、しばらく小さく影をひそめていました。母がもがいていた時のことは、実際には知りません。でもその様子はどこからでもみえました。ただ詩において母のスタンスが百年変わらなかったことが私の誇りです。十九歳で認めていただいて以来、その姿勢は変わりませんでした。山の少女の出発は、最後まで山の少女でした。

鈴木様がこれまで長い間、「葡萄」他に、母の詩に対するエッセイを書いてきてくださったことは、知っています。こんなに深く見つめてもらえた母は幸せでした。私も改めて母の苦悩を見つめ直すことができました。それが一冊の評論集として今、世に出ることは、私にとっても無上の喜びです。感謝の気持ちでいっぱいです。心より出版をお祝い申し上げます。

母よりはずっとお若くていらっしゃいますが、母とともにその空気の中においでになり、このたび帯文を書いてくださった中村不二夫様にも、心より感謝申し上げます。そしてこれらを世に出して下さいました土曜美術社出版販売の高木祐子様にも、厚くお礼申し上げます。

令和二年八月

谷口典子

著者略歴

鈴木正樹（すずき・まさき）

昭和二十三（一九四八）年九月十六日生まれ

著書

詩集　『流れ』昭和四十九年

『把手のないドア』昭和五十一年

『刺に触れる』昭和六十二年

『闇に向く』平成七年

『川に沿って』平成十九年

『トーチカで歌う』平成二十四年

『壊れる感じ』平成二十九年

歌集　『風景の位置』平成元年

『億年の竹』平成二十一年

所属　詩誌「ここから」同人　短歌結社「かりん」本欄会員

現住所　〒一九三－〇八三四　東京都八王子市東浅川町一八九－八

「山《やま》の少女《しょうじょ》」と呼《よ》ばれた詩人《しじん》
――堀内幸枝ノート

発行　二〇二〇年十二月六日

著者　鈴木正樹
装丁　司　修
発行者　高木祐子
発行所　土曜美術社出版販売
〒162-0813　東京都新宿区東五軒町三―一〇
電話　〇三―五二二九―〇七三〇
FAX　〇三―五二二九―〇七三二
振替　〇〇一六〇―九―七五六九〇九
印刷・製本　モリモト印刷

ISBN978-4-8120-2601-4　C0095